JN274392

金時鐘詩集選

境界《きょうがい》の詩

猪飼野詩集／光州詩片

藤原書店

金時鐘詩集選

境界《きょうがい》の詩

猪飼野詩集／光州詩片

目次

I 猪飼野詩集……9

II　光州詩片…………217

金時鐘詩集選

境界《きょうがい》の詩

猪飼野詩集／光州詩片

標題「境界《きょうがい》」について

二冊の異なる詩集を一冊にまとめたことで、いきおい別仕立の標題《タイトル》の必要に迫られた。『猪飼野詩集』も『光州詩片』も見てのとおり特定の地名を冠している。それで浮かんだのが「境界」であった。ただ地理的な区画にすぎない「境界」だけでは自己の思念のからみつく余地がなさすぎる感じなので、同じ字面で別概念の「境界《きょうがい》」をタイトルにと考えた。広辞苑には仏教用語の「果報によって各自が受ける境遇」と出ているが、そのあとの「出会った境遇」、身のほどを知る「分限」の意味に心惹かれた。

Ⅰ 猪飼野詩集

猪飼野

大阪市生野区の一画を占めていたが、一九七三年二月一日を期してなくなった朝鮮人密集地の、かつての町名。

古くは猪甘津《いかいのつ》と呼ばれ、五世紀のころ朝鮮から集団渡来した百済《くだら》人が拓いたといわれる百済郷のあとでもある。大正末期、百済川を改修して新平野川（運河）をつくったおり、この工事のため集められた朝鮮人がそのまま居ついてできた町。在日朝鮮人の代名詞のような町である。

見えない町

なくても　ある町。
そのままのままで
なくなっている町。
電車はなるたけ　遠くを走り
火葬場だけは　すぐそこに
しつらえてある町。
みんなが知っていて
地図になく
地図にないから
日本でなく
日本でないから

消えててもよく
どうでもいいから
気ままなものよ。

そこでは　みなが　声高にはなし
地方なまりが　大手を振ってて
食器までもが　口をもっている。
胃ぶくろったら　たいへんなもので
鼻づらから　しっぽまで
はては　ひずめの　角質までも
ホルモンとやらで　たいらげてしまい
日本の栄養を　とりしきっていると
昂然《こうぜん》とうそぶいて　ゆずらない。

そのせいか
女のつよいったら　格別だ。

石うすほどの　骨ばんには
子供の四、五人　ぶらさがっていて
なんとはなしに食っている
男の一人は　別なのだ。
女をつくって出ようが　出まいが
駄駄っ児の麻疹《はしか》と　ほおっておき
戻ってくるのは　男であると
世間相場もきまっている。
男が男であることは
子供にだけはいばっていること。
男の男も　思っていて
おけんたいに
父である。

にぎにぎしくて
あけっぴろげで

やたらと　ふるまって　ばかりいて
しめっぽいことが　大のにがてで
したり顔の大時代が
しきたりどおりに　生きていて
かえりみられないものほど
重宝がられて
週に十日は　祭事つづきで
人にも　バスにも　迂廻されて
警官ですら　いりこめなくて
つぐんだが最後
あかない　口で
おいそれと
やってくるには
ほねな
町。

○

どうだ、来てみないか？
もちろん　標識ってなものはありゃしない。
たぐってくるのが　条件だ。
名前など
いつだったか。
寄ってたかって消しちまった。
それで〈猪飼野〉は　心のうちさ。
逐《お》われて宿った　意趣でなく
消されて居直った　呼び名でないんだ。
とりかえようが　塗りつぶそうが
猪飼野は
イカイノさ。
鼻がきかにゃ　来りゃあせんよ。

大阪のどこかって？
じゃあ、イクノといえば得心するかい？
あらがった君の　何かだろうから
うとまれた臭気にでも　聞いてみるんだな。
今もまだ　むれた机は　そのままだろうよ。
あけずじまいの　べんとうもね。
あせた包み　そのままに
押しこんだなりで　ひそんでいるさ。
知っているだろう？
あの抜けおちた　銭はげのような居場所。
いたはずのうなじが　見えてないだけなんだ。
どこへ行ったかって？
とどのつまり
歯をむいたのさ。
それで　行方不明。
みながみな　同じくらい荒れだしたので

だれも彼を　知ろうとはしない。
それからだよ。
がに股の女が　道をはばんでねえ
ニホンゴでないにほんごで
がなりたてるんだ。
いかな日本も
これじゃあ　いつけるはずがないやな。
オールニホンの逃げだしだ！

イカイノに追われて
おれが逃げる。
俘虜《ふりょ》の憂き目の
ニッポンが逃げる。
役所をたのんで
枷《かせ》をとかさせ
買いたたかれた

イカイノを逃げる。
家が売れて
モモダニだ。
嫁がとれて
ナカガワだ。
イカイノにいてて
気がねのない
ニホンが総出の
追いだしだ。
キムチの匂いを
町ごと封じ
浴衣すがたのイカイノが
仁丹かんで
よそゆきだ。

○

それでお決まり。
イカイノがイカイノでないことの
イカイノのはじまり。
まみえぬ日日の暗がりを
遠のく愛がすかしみる
うすれた心の悔いのはじまり。
どこにまぎれて
そっぽを向こうと
行方くらました
己れであろうと
饐《す》えて　よどんで
洩れてくる
しょっぱいうずきは
かくせない。
土着の古さで
のしかかり

流浪の日日を根づかせてきた
あせない家郷を消せはしない。
猪飼野は
吐息を吐かせるメタンガスさ。
もつれてからむ
岩盤の根さ。
したり顔の在日に
ひとり狎《な》れない野人の野さ。
何かがそこらじゅうあふれていて
あふれてなけりゃ枯れてしまう
振舞いずきな　朝鮮の町さ。
始まろうものなら
三日三晩。
鉦《しょう》と太鼓に叩かれる町。
今でも巫人《ムダン》が狂う
原色の町。

あけっぴろげで
大まかなだけ
悲しみはいつも散ってしまっている町。
夜目にもくっきりにじんでいて
出会えない人には見えもしない
はるかな日本の
朝鮮の町。

うた　ひとつ

鶏舎長屋《タクトナリ》を　飛びだして
十六年。
男一人　生野に帰る。
どこをまわっても　チョウセンが切れず
とどのつまりは
いさかい　つづきで
ヒロポン、傷害と前科がかさなり、
バーテン
縫工所
景品買いに
またバーテン。

どうせ　かくせぬ　チョウセンならば
丸ごとさらけて
ふてくされ
鈍行で上った　東海道を
ここかしこと　つたってきた。
コールマンばりのチョビひげだけは
かかすことなく摘みあげて
経めぐったあとが
生野のように
ひとりの男
ニワトリ長屋に
帰ってくる。
あらかた　北へ
帰ったとか。
ヨーベえが　ひとり
知っていて

母ごそっくりの
大仰な　あいさつ。
産みも生んで
また妊んでいて
おうように
なけなしのなかから　二枚ぬきとり
裳《チマ》のかげの
小さいヨーべえに振舞ってやり
今じゃあ自家用だという　水道の水を
たばこととともに
ゆっくり　ほして
たしか、
汲み取り口は　あちらだったはずと
見るとはなしに見入っていたのは
昔を今に群れている
仕切った砂場の

蠅のたかりだ。

釜底の
くず石けんを　炊きなおし
あぶくぜにで　肥えふとっていった
叔父貴の工場も
今はアパート。
とっくから
日本人とやらになっていて
レジャー産業の
いい顔だそうな。
その叔父貴を　見返したいばっかりに
おれの一生は　空たきだ！
翻然《ほんぜん》と、
幼なじみも　親身に奨め、
「日之出会館」の

道順　きいて
男は　やおら
吸いさし　もみ消し　歩きだした。

思いおこすのだ。
終戦のどさくさ。
汚水が　ゆけゆけの
ニワトリ長屋。
わけてもきたなかったのは
いやに部厚い
唇の　叔父貴だ。
てかてか
日本のヨメさんまで飾りたて
とうとう
おれの叔母を　追んだしたばかりか
朝鮮戦争で　逃げてきた

いとこの兄まで
突き出した。
ちきしょう！
チョウセンやめたは　そのときよ。
思いだすだに
いまいましい！

たっぷり　辛し味噌《コチュジャン》まぶしあげ
大盛りの　五目飯《ピビンパプ》
二杯もたいらげて
つまようじ片手に
案内を請うた。
けげんそうなマネージャー
しりめに
とんとんとんとかけ上り
出会いがしらのおどり場で

はち合わせたのは　社長夫人。
煮抜きのような顔をして
あんた　だあれ?!
もあったものか!!
　チョウセンおるかあ！
と　へたりこみ
だされた　お茶に
たばこ　つきたて、
て　おいて
隅のモップ
かついで下りた。
手前のパチンコ客
つきとばし
矢つぎばやに
なな台
叩き割ったところで

パトカー
がきたんさ。
それで
この
危険な男
出入国管理令によって
強制送還。
　おらのくにだ、いってやらあ！
大村《おおむら》収容所へ
ひったてられるあいだ
彼が唄ったのは
　＊
　アリラントラジ。
どんなに唄っても
一つの　うたで
　アリラン　トラジとしか
でてはこない。

＊アリラン、トラジいずれも朝鮮の代表的な民謡であるが、別々の歌である。

アリラン　アラリヨ
トラジーアラリヨ
男の唄は
波の上
玄海灘に　揺れて　途切れて
トラジー　トラジー
アリラン　トラジヨー

うた　ふたつ

いつとはなしに
ハルコはおもいこんでいる。
旅立つ日の朝は
晴れていて
岩壁には
白に青線のフェリーがあると。
思案したあげく
ふんぱつしたつもりの肉だとか
ふた盛りいくらで叩かれている
小魚とかでふくらんだ買物かごが
公設市場の

せまい通路でひしめいているとき
ハルコは
からの買物かごさげて
イカイノ九丁目のバス停留所にいるのである。
セットしたての髪を
水玉もようのスカーフにくるんで。

彼女が生野を離れたのは
生まれて　このかた
疎開のときだけ。
うごけないほどぶよにくわれて
硫黄に漬かったのが
旅の記憶だ。
嫌っているわけではさらさらないのに
イカイノはなにかと干渉がましく
ごみごみしてて

口さがなくて
いそがしすぎる母親までが
ひろげっぱなして　間のびしている。
そのような母と　いいあらそうのだから
ハルコのおもいは　はずれて折れて　遠のくばかり。
橋のたもとに佇んでは
運河が遠く切れる先の
またその先の　遠い町を
ことあるごとに想いみたものだった。

実は昨日
おおぜいのひとと万景峰《＊マンギョンボン》号見てきたところだ。
もっさりしているとは
オクスニの感想だが
めったにこれない日本まで
そりゃ自前でやってきたんだもの。

＊在日同胞の帰国用に仕立てられた、朝鮮民主主義人民共和国差し向けの貨客船。

がっしりしていて当りまえよ。
ハルコは奇妙なくらい
へんなときに
へんなところで
死んだ夫をよみがえらせていた。
骨太の　胸の厚い男だった。
くにの匂いがそのままつまってあるような
*せんすいかん組の一人であったが
そのうちイカイノ抜け出ようと
反対おして　つれそった。
イカイノどまりの　男と女が
三人ばかり　張り工かかえ
めったやたら　働きつづけて
下請ながら　自立した
のも　つかの間
ベルトに巻き込まれて

あっけないくらい
あの人だけがいってしまった。
それで　また
ハルコは張り工に
六か月のおなかかかえて
逆戻り。
数年かけて
ようやくかかとの底よりも
手のひらのほうが固くなり
稼ぎから痛さも　とれだしたころ
まるで人が変ったのか
目もあやなチマ・チョゴリ
派手に着こなし
　しみるわねえ　と
むかし仲間の　エイコがきたのだ。
鼻つく溶剤に　鼻じろみながら

＊密航者たちのこと。

さもたいそうな　顔のしかめよう。
おかげでハルコは　旅をした
初めて出会った友のように
エイコと坐って旅をした。
おもってたほどには　速くない
新幹線の短かい旅を。

歌にも
境界があることを知ることは
なんとも気づまりなことなのだ。
ひと騒ぎすんだあとの
あのものうげな　座がもたなくて
ハルコはつい　例によって例のおはこ唄ってしまう。
もう二年にもなるが
ハルコのレパートリーに
変化がおきた兆候は　さしてない。

いつも同じ歌に
同じ節まわし。
ふたしかな　発音のぶんだけ
感情はたっぷり　こもるのである。
歯ぎれのいい　ソウルの
歌姫のうたが　どうあろうと
ハルコには　とりたてて
韓国だけの歌だとは　思ったことがない。
すべての　歌が
彼女には　きれいな朝鮮の
歌なのだ。
手ローラー　打ちつけ
覚えこんだ
　〝*錦繍山《クムスサーン》
　　民主首都《ミンジュスト》〟を
彼女は声をかぎりと　はりあげる。

*北朝鮮で、朝鮮民主主義人民共和国の首都、平壌をたたえて唄われている民謡調の歌。

知ってか　知らずか
知っているものだけが
気おくれて
それでも結構
客のみなは　浮かれだすのだ。

海は　越えるからには
行ってしまわねばと思っている。
来る船がある以上
私が行ける国があると思っている。
ハルコは　どうしたわけか
見てはならない素顔を　かい間みてしまったようで
いつも気がさしてならないのである。
韓国からの　きれいどころでさえ
いちように背負っていたのは
同じかげりの　重い暮しであったから。

エーヘイヨーと
花やいでいても
こころは　ちりぢり
べつべつのところで
同じうた　唄っているのである。
それでもくにが　一番いいと言い
わざわざ海を渡ってまで
戻るために
日本にくるのである。
ハルコは
行ってしまうために
イカイノを出たいと　思っている。
新幹線は快適だったが
行ったさきざきで
いくら行っても
顔見知りのイカイノ娘はそこにいたのである。

だから汽車では行ってもだめだ。
どこへ向けて　どう出ようと
とても日本じゃ　心の晴れる場所はないのだ。
運河をよぎって
船を待っている。
のっしのっしと
陸を這い上がってくる船を待っている。
白に青線の
ハルコの船である。
イカイノのただ中で
えんぎもかつがず
タクシーも乗らない。
バスを待って
船を待っている。

うた　またひとつ

打ってやる。
打ってやる。
忙しいだけが
おまんまの　あてさ。

かかあに　ちびに
母に妹だ。
口にたまる　釘を汗を
吐いて　打って
打ちまくる。

日当の五千円
かせぐにゃ
十足打って
四十円。
ひまな奴なら
計算せい！

打って　運んで
積みあげて
家じゅうかかって　生きていく。
日本じゅうの　ヒール底
叩いて　打って
めしにするのだ。

打って　打って
打ちまくる。

あってない　俺らの
逃げる季節に
このうさ　打って
打ちまくる。

春に　秋物　打ちつけて
冬のあとは
夏枯れだ！
一家のかせぎが　どうあろうと
景気ひとつで
食いあがり。
だから　せいて
打ちまくる。

打って　打って
打ちまくる。

石油成金　ふとらせた
政治とやらに　打ちつける！

なんで　俺らは
こうなのか。
人に踏まれて　めしになる
そんなことで　暮すのか。

足の甲から　押しあてて
打ってやる。
打ってやる。
底のうらまで
打ってやる！

骨が泣くと
母が泣き

おやじはひっそり
棚の上よ。

かえせる土は
どこにあるやら
くにがそんなに　遠いとは
ついぞ誰もが　知らなんだ。

打って　たぐって
打ちまくる。
無念な　おやじを
打ちまくる。
三十年　耐えて
ふた間の　長屋。
死んだ　おやじの
せしめたものさ。

打って　打って
打ちつけて
晴らさないでか
骨の　おもいだ。

打ってやる。
打ってやる。
日本というくにを
打ってやる。
おいてけぼりの
朝鮮もだ。
とどいてゆけと
打ってやる！

統一待って

母が死ぬだろう。
俺は　俺で
しょうことなしに
老けて　いくだろう。

打っても
打っても
打ちたりない
過ぎるだけの
年を打ってやる。
打って　打って
打ちつけて
食っているだけの
俺を　打ってやる。

これでも　くにより

いいそうな。
かせぎがあるから
くるそうな。

かぜをくらって
しんでまえ！
おすそわけに　とりすがる
そんなくにこそ
くたばれだ！

かんこく　かんこく
釘　三本。
おもいきり　長いやつ
つきたてて
いっきに　がんがん
打ってやる！

なにかと言えば
放りこむ
鉄の檻に
打ってやる！

打ってやる。
打ってやる。
悪魔も悪魔
色めがね
そいつに金だす
旦那衆。
知っているから
打ってやる！
政治は知らぬが
知っている！
つらいくらしに

わるい　とりひき。

打ってやる。
打ってやる。
山も見たい。
海も見たい。
おやじの　ふるさと
行ってもみたい。
この指つぶして
ねとぼけて
ぼけっと　青空
眺めていたい。

それができない。
とがめも　しない。
打ちに　打って

打ちつけて
路地の日暮れだ
かせぎは　まだだ。
俺らも格子に
はまった　くらしだ。

打っている。
打っている。
ぐちってる間もない
泣いても　いない。
打ってやるのだ
打ってやる。
打ってやる。
打ってやる。

寒ぼら

〝なかおり〟おっさんの
いわくを聞いた人は
まだいない。
しかし泣きじょうごの
〝なかおり〟おっさんだけは
有名だ。

いつもなら
顔の半分　ひさしでかくして
口をへの字に謹直なんだが
あみだかぶりになっていくほど

酔いのほども上がっていて
だれかれなしに　すがりついては
やたらと
長嘆息の泣きをいれる。

ヨボお
きいてくれやせえ
わしの刺網《さしあみ》は
まだだれも上げてないんだで……
きまって同じくりごとなので
みんながまねあう
お笑い草だが
いったいどんなことが
なかおりおっさんの帽子の中に
つまってあるのか。

今夜は今夜で
中央市場までが　とびだして
なんでも　韓国からの魚はいっさい
ご自分のものだと　言いはってやまない。
へその色が紫いろにかわるほど
こごえて
濡れて
朔風《さくふう》に
ずきん　ずきん
こめかみはらして
半日かがりの
網を張る。
ところがその夜
うむをいわさず　やってきたのが
家をも凍らせた
徴用だそうな。

船底だったので
どこの海をよぎったかも知らず
戦後このかた
炭塵ならぬバフの粉で
眼のふちのくまどりだけはつづいている。
なによりも
還暦といわれることを不吉がり
鎮海《チネ》の海に帰るまではと
ひとりものの泣きをからめるのだ。

このなかおりおっさんのなにに
かかったのか。
夜半。
イカイノの寒ぼらが
一匹。

時代もののオーバーの肩に
潮風の記憶に吹かれて
ぶらさがっている。

日日の深みで（一）

おしやられ
おしこめられ
ずれこむ日日だけが
今日であるものにとって
今日ほど明日をもたない日日もない。
昨日がそのまま今日であるので
はやくも今日は
傾いた緯度の背で
明日なのである。
だから彼には
昨日すらない。

明日もなく
昨日もなく
あるのはただ
狎《な》れあった日日の
今日だけである。

その彼が不用意にも
目をこらしている過去を見てしまったのだ。
こまぎれた日日が
内職の嵩《かさ》となって部屋をせりあげていたとき
かわききった螢光灯の
斜めに区切る向こっかわで振り向いたのである。
きららな反射に溶けあっているような
いつともない季節の
それは透けた影絵のようでもあり
闇をへだてて　ぱくついている

途絶えた年月の言い訳のようでもあった。
たしかに見てとった
いつかの　何かだ。
どの果てからか粒子が降りそそいで
忘れられた日々を
一つの形にかたどっていたさ中だったのだ。
たぶんそれこそ
俺の手痛い物証となるものであろう。
思いつかなくて知らないのではなく
やりすごすうちに　まぎれてしまった
今日のつづきの
或るものだ。

きっと　そいつは
俺の知らないどこかに居坐りつづけて

じょじょに俺を変えていったにちがいない。
自分で自分の見当がつかないくらい
日日のくらしに溶けあわせたのだ。
だからこそ　俺は
変っているはずの自分が
どこで変ったかを知らないでいる。
円に還元された
直線のように
もし一つどころを　際限なく廻っているのが俺であるなら
これはどうみても独楽のくらしだ。
意外と　この仕組みが
姑息な保身に俺を追いやった手配師かも知れぬ。
今日を生きて
今日でなく
その日ぐらしの今日でしか
今日の今日を生きてはいない。

人とはもっぱら切れているので
見る夢までがさむざむしい。
普段のままで夢がくるのだ！

とうに彼は
確実に　年は
夢が干からびてとるものであることを知っていたのだろう。
分別くさく
条理をたて
承知の上で
老成した。
統一までも国家まかせで
祖国はそっくり
眺める位置に祭ってある。
だから郷愁は
甘美な祖国への愛であり

在日を生きる
一人占めの原初さなのだ。
日本人に向けてしか
朝鮮でない
そんな朝鮮が
朝鮮を生きる！
だから俺に朝鮮はない。
開ききった瞳孔の
映像を宿したかげりだけだ。
つまり俺が
影なのだ。
ともあれ　嵩《かさ》を積み上げ
部屋の一部を部屋に戻して
知らない符牒を
見捨てるように
それから明りの裏っかわを忘れてしまった。

暮しはようやく
いつものとおりの四角いお膳を囲んでいたのだが
同じ時間の奥ぶかいところから帰ってきた彼には
なぜか家族が
そこで身を寄せているものであることが奇妙だった。
本当に
そこにそうしているのが家族であるのなら
それは自分の生まれる　ずっと以前から
そこにそうしていたものなのだ！
俺はやはり　いつの時を生きているのであろうか？

やおら立ち上がった拍子に
彼はまたもや
袈裟掛けに闇の世界に入りこんでしまった。
同じ時間をまた逆戻りして
その先が

開きのない戸袋であることをまさぐり当てたが
とんと覚えのない場所に　それはあった。
しかし彼には　しんしんと埋もれてあるものが
失われた記憶の柩《ひつぎ》であることをすぐにも知ったのだ。
とてつもない闇におしつつまれて
俺たちは小さいまどいをつくるのにけんめいなわけだが
あれはその奥で鎮座ましていた　ひしぐ闇のおもしなのだ。
きっと　忘れ去られた祭礼が
記憶の外で　こり固まったにちがいない。

俺の延び上がる先で
そうだ！　まちがいなく
その先で
照り映えていた日があったのだ！
手という手が
差し上げた先で湧きかえっていた

その熱い日射しを見なくなったのだ！
抱擁があった！
どよめきがあった！
声でない声の
涙があった！
思想に命運を
あけ渡したことなどなく
兄嫁がおり
いとこがおり
山が揺れて
海が光った！
うとくなった年月の果てで
俺の暮しは　延びあがる先で
闇となるのだ！
柩、
柩、

柩！
瓦解《がかい》するダンボール箱に
おしひしがれる
夕餉《ゆうげ》！

日日の深みで（二）

くずれる。
形も変えず
冷蔵庫には
生き腐りの
鯖《さば》があり、
墜ちる。
自からは変わりようもない暮しが
脱水器の渦に　巻きこまれていて
うなりたてるあいだじゅう
干からびるだけの日日を
遠心の壁に

ひっかけている。
振り廻されて
日が過ぎ
これが安定かと
求心力を忘れ
表皮で計られる
鮮度のおかげで
なじめぬバター焼きが
フライパンごと
所為の必然を持ち込むこととはなる。
キムチが欲しいのは
口なおしのためであり
やたらに　辛い
赤さが売られて
国は
遠いものだと

しみじみ
ひりつく涙の
ほぞを嚙むのだ。

いつとはなしに　このことが
俺の仕草にとってかわっている。
すぐにも　歯を剥《む》くので
俺の前からは
壁だけが残るようになってしまった。
それは　たしか
例の胃けいれんが
最初に見舞った日のことだ。
バイトを削りすぎた拍子に
突如、痛みは錐《きり》状にとんがって
向こっ側へ突き抜けてしまったのである。
くらんだ眼にしては

いきりたつグラインダーから
よくよく　ねじれた胃袋を守ったものだが
これとて俺の　意志の働きによってではない。
あまりにも　あらわな
敵意のために
かろうじて　のめり具合いが
のめったまま固定しただけの　話なのだ。
すんでのところで
本当に喉元に
風穴をあかしたほどの　椿事だった。
なにしろ三〇センチものドリルが
いきなり壁の向こうから
くすぶってる切先を突きたててきたのである。
こともあろうに
この俺めがけてだ！
思いもよらない　憤懣は

まちがいなく　とんがっているものであることを
はじめて知った。
だから　俺たちは
壁を温存しあっている。
うかつに　うがつことだけは
やめにしているのだ。

まずうとまれることから
切れることを覚える。
秩序とは　そもそも
切れる関係で成り立つものであり
区切られる　こころもとなさは
へだたっていることの
つながりともなる。
それは愛情とさえいっていいほどのものなのだ。
考えてもみよう。

変わりばえのない　日日を生きて
なぜ平穏さが
俺たちの祝福となるのか？
ひとえに国が
海をへだててあるから安穏なのか？
さえぎられているものに
俺たちの通わぬ
願いがあるので
せめぎあう思想にも
俺たちの思いは
ひそんでいて平気なのだ。
つまり　壁は
俺たちに必然の対峙を強いる
対話であり
待機であり
まだ果たされてない出会いが

そこで切れていることの確認でもあるのである。
いきなり錐を通してくる
あいつにしても
それは　それなりの伝達なのだ。
奴にも俺そうおうの
うっ屈した時間がうずいていることの証明なのである。
彼と俺とは
奇妙にも
知らない仲で
通じあっている関係にある。
彼の表情の　しわの一つまで
手にとるように　俺にはわかるのだ。
おとといは「救国宣言」支援大会で
こぶしをともに振り上げた！
ともに和して　叫びもあげたし
ひそかに女を　ねめまわしては

囚われた欲情が
いかにむごいかと
きそって署名した間柄でもある。
もちろん　ときには
牙を立ててうなりもする。
もんどりうって
わめきあって
壁をはさんで怒鳴りあっている。
その壁のために
俺たちは隣人である。
まかりまちがっても
まえぶれなしに
仕切りが取り払われてはならないのだ。
それこそ殺しあうことが
起きないともかぎらない。
俺と同じく

顔をひきつらし
歯を剥いていて
他人である。
彼と俺が違うためには
的確に一日を
区分することしか残っていない。
なるだけ独自なサイクルが
必要なわけだ。
俺の一日は
そのために腐心する一日でもある。
まず　喧噪を起こすことから始めて
その喧噪を按分することが
午前の工程であり
いつもの倦怠が
ものうく鎌首をもたげはじめる時刻を
午後の四時とするのである。

これでちょうど　一日の仕事は
半分の手前に
さしかかる勘定だ。
俺はやおら
しゃがんだなりの妻に
番茶を一ぱい所望し
(たばこはピースまで煙りにするので、俺は一切寄せ
　つけることがない。)
妻もそれが　手順のように
くびれない腰を
持ち上げはするが
丸まった背骨にまで
起重機が及ぶことは　まずないのである。
二〇年このかた　手なづけた
尋常でない習癖の
なせる業《わざ》だ。

妻のふところにはなにもかも
そう、寝室から作業場までしつらえてあって
いわば　炊事場などは
彼女のみぞおちあたりにとりついている
箱のことなのだ。
この　妻といい、
むこう隣りの
ヨンジばあさんといい
どうしてこうも
女はかたくななのかと考える。
演説ぎらいで
素気ないのに
どのような日常も
彼女らの腕の中では変色するのである。
なかでも
ヨンジばあさんの　がなりたてときたら

もうお手あげだ。
昨夜の出来事からして
少なからず揺れている俺なのである。
俺としたことが
今朝などは　むしろ
喧噪を閉じこめるのに大童だったのだ。
たかだか　新聞紙一枚の包み紙で
あのヨンジばあさんをおこらせてしまった。
　もう頃合いでしょう？
お湯はわいたとみえて
妻はこともなげにうながしてくるが
強引にねじ伏せた手前もある。
いかな俺でもしりごみだ。
そもそも　ほだされてきた
お互いのかかわりがいけなかったのだ。
ことのおこりの反射にしたって

日ごろの敬慕がほとばしったまでのこと、
ゆめゆめ　ヨンジばあさんの
気さくさをそしったわけでは
けっしてない。
それがどうだ。
いくら使いの嫁ごの
あおりをくった注進があったにせよだ、
草もちを寄こしてくれた
親身な厚意までののしられたとくる。
これは本意ではない。
いかに親しい行ききにしてもだ、
よもや　配ったばかりの朝鮮新報が
もちをくるんで出戻ってくるとは　心外ではないか！
それでつい
それも妻を見据えながら
いや俺自身の主体思想に向かって

どなったのだ！
　失礼な！
　　偉大な首領様に失礼な！
これが　今朝の
騒ぎにまでなった顚末である。
あまりにも　くちさがないことを
口ばしるので
それこそ　しょうことなく
俺は一気にガラ箱*に押しこんでしまったのである。
用心ぶかく　のぞき見たが
さしもの大声も
すっかりガラ箱の中で嗄らしてしまっていた。
それでも歯並みだけは
まみれた革くずのなかで光っているのである。
もともと衣着せない歯ではあったが
この磨かれぐあいは

どう見ても
本音の白さだ！
ケイアイスルウ、
ケイアイスルウ、
ケイアイスルケイアイスル
ケイアイスルゥウウウ
気がすんだか
あと十万日言っておっても
ケイアイするうだあ！
ケイアイスル
ケイアイスル
ごいちにんしか載らない新聞
読まんでも
読んでも
キンニッセイじゃい!!
いやあ

＊小型金属製品を研磨する、横長の廻転箱。中には皮くずがつめてある。

意外とこれは本当のことだ！
「金日成元帥様」をとってしまっては
なにも残らない！
なにも残らないほど
その方が朝鮮なのだ！
朝鮮がその方を
報ずるのだから
首領様だけの
新聞でいいのだ！
これは大したことだ。
ヨンジばあさんも
俺も
まちがってなどなかったことが証されている！
へだてない見さかいのなさが
やはりいけなかったことのすべてだ！
これからは

気をつけよう。
はっきり主体を見届けて
きんじょづきあいも　仕切っていこう。

ほどよく　お茶もさめたので
ばあさんをなだめて
ヨンジばあさんに返してあげて
いつもの律義な
俺にかえる。
びっしり割り振りのついている
わが夫婦には
　一服とはいっても
もともと
湯呑みの口に口を
つきだしていくていの息入れのことでしかない。
この連携動作に手間どって

もし廻転に頓挫《とんざ》をきたそうものなら
俺たちは　たちどころ
下水の下までもころげ落ちること
必定である。
近年とみに　下肢も細ってきているので
すこっと抜け落ちそうな　不安は
そうでなくとも　ここずっと
俺たちをさいなんできているものなのだ。
よしんば　俺が
＊半馬力の廻転を止めてみたところで
家ごと廻されている　縦の力には
抗しようもない。
知ってのとおり
俺たちの稼ぎは
ロクロとか
ガラ掛けとか

水平廻転からひねりだすものばかりである。
ところが　あてがわれる食いぶちときたら
縦を縦につないでいって
そのつなぎを平列に
横へ渡していかねばならない仕組みからしか
まわってきやしないのだ。
俺たちの職種には
うめきと　わめきの
二つがあるとは　まえにも言った。
ピンほどのネジを挽《ひ》いても
俺たちの脳天からは
きりきり　金切声が巻き上がっていく。
いくらこなしてみたとて
いらだたしい「数」でしかない
一個のネジの
なさけなさのためである。

＊家庭工業用によく使われている1／2馬力の電動モーターのこと。

どこで　なにに
組みこまれているのかも知らず
ただ稼ぎのために
指がへたる。
肋骨に神経が病んで
すっかり食いぶちが底をついたころ
きまって　俺たちは
信管だった
程度のことを知るのである。
このいまいましい労力がうらみだ！
壁の向こうで
あいつが　とんがり
地ひびきをうって
見果てぬ社会主義が
プレスを叩く！
家がドラム！

俺が　シンバル！
打ちに打って
喧噪をかき鳴らし
喧噪にまぎれて
俺が消える。
荘重なパイプオルガンの
俺に適した
抜け穴の中。
旋律は
星ほども
禱りを飾りたて
おもい　おもいに
円筒のくらがりをすり抜けるはずだが
いつか俺の悲鳴が
天窓を破ったと思いみてはくれないか?!
　からがら　すってん

きりり　きゅっ
狎《な》れがもつれて
ガラが廻る。
あらんかぎりの罵声はりあげ
届かぬ叫びが
俺を超える。
坐っていても
日は暮れるのだ！

墜ちる。
過ぎるだけの
日日を墜ちる。
冷蔵庫には
十日も魚が固まったままであり
折り重なってしおれているのは
今日をまみれた脱けがらである。

俺はまだ
俺に噛まれた
静寂を見ないので
ぐっちょりくずれている　そいつを
ひょいと壁にひっかけておく。
どうみても墜ちるしかない
いでたちである。
これで
待つか
耐えるかの
どちらかだが
俺はひと足さきに
金芝河《キムジハ》を助けるために出かけることにする。
やがて　あいつも
俺とは別に
ともかく会場へ行くはずである。

同じことをもくろんでいても
背中合わせに離れることでしか
俺たちは同じではない。
宿命などと
大仰なことは言わないことだ。
いつも向きあっていながら
壁なのだから
どこかで
雑鬧《ざっとう》をよぎっている
彼と俺が
打ち過ぐ皆の
見知らぬなかに居ればいいのだ。
黒ずんだ運河の向こう。
いっしょかもしれないバス停まで
足が足ばやに
闇に吸われる今日の橋を

渡るのである。

朝鮮辛報

——この届くことのない対話——

どう弧を描いたのか
紙飛行機が舞いこんだ。
小僧たちの強固なる要求に
いやおうもなく返還には応じたものの
この国籍判然たる
機体。
配属されたばかりらしい
日附をひるがえして
一廻転。
長屋の壁に突き当たり

路地の下水に落ちこんでしまった。
機主
のぞきこんでも
拾い上げようとはせず
たちどころ
ま新しい機材を地べたにひろげる。
この尽きない資源と
大空への希求。
月ぎめ一千円也の拠出は
子供心の夢の重みに
路地の屋並を越えもせず
二転
三転
この袋小路のどこかで
破損ばかりしている。

朝鮮瓦報
――この置き去られる遺産――

あなたは　ほんとうに
安らいで見えました。
首領様。
あなたに手が及んだのを
はじめて　見たのです。
いつも　どこかで
横を向いたままでいられるか
逆さに積まれて
ほこりをかぶっていたあなたに
首領様！

もみじの掌《て》がほほずりしたのです。
不ぞろいの
青いひげを入れられて
ほんとうに　あなたは
気さくな人となっていました。
そうです。
＊胡《ホ》おじいさんにも
ひげのあったことを思いだしたのです。
それで　みなが
額を寄せあって
まだまだ
うちの首領様はお若い！　と
身近いあなたに
目をみはったのです！
満艦飾で
やたらと出廻って

＊ベトナム初代大統領、ホーチミン氏のこと。

あいも変らぬご愛嬌だなどとは
もう言われないでください。
奥だ橋のたもとの
洪《ホン》さんの散ぱつ屋では
首領様。
おごそかな
乳白紙も　はがされて
やっと
あなたも
人の中《うち》です。

イカイノ　トケビ*

知らずに
出くわさないともかぎらない。
善良な読者諸氏のために
そっと　ことのほどを　はなしておこう。
着ながしなどでは
町をぶらつかないってことをな。
彼の虫のいどころ一つで
てっきり　裸だよ。
通りのまんまん中でね。

そりゃ　めいわくだろうさ。

*民間説話に現われる小鬼で、貧しいものを富まし、強慾を懲らしなどするという。

こっちだって　とめないわけではないんだが
彼の嗅覚のほうが
ずうっと　俺の反応より速いんだ。
そのすばやいったら
あっという間だもんなあ。
すれちがったとたん
もう帯は　手繰りこまれているとみていいよ。
きりきり舞いの
棒のこま　よろしく
姿勢をとり直したときには
あっさり　身ぐるみ
はがれているという寸法さ。
それが　きまって
ニホンぶっている
チョウセンときているから
通りは　あげて

拍手かっさい！
そう小さくもない　鼻の穴を
ひくひく　させて
この　わからず屋の
イカイノ　トケビ
物見たかい　野次馬ひきつれ
ご注進と相成る次第なのだ。
さもきまった　段取りのようにね。

えらいこっちゃ
またまた　軽犯罪《けえはんぜえ》だで！
さすがはイカイノの　おまわりさん。
泣きべそかいている
チョウセンのため
*周衣《トルマギ》　片手に
つっぱしる！

*外套のように着る外出着。

遺失物

かってに拾ったという　おとがめを
トケビ野郎も　神妙に　きき
浴衣は　ぱん　ぱん
ほこりを　はらって
そのまま　慈善箱に　たたまれる。
こうせい橋の　交番所には
なんでも　この夏だけで
八十八枚も　たまったんだそうだ。
クリスマス・プレゼントには
あと百枚ほど　足りないと
おまわりが　いったとか
いわなかったとか。
トケビはにゃあにゃあ　やにさがって
大事にせにゃあ
　おとしよりの楽しみは――

と　あごをなでる。

ついせんだっての
結婚衣裳は
とりわけせしめがいの　あるものだった、
といったら　法に触れるので
かかえきれない　遺失物であったと
訂正しよう。
かっぷくもない　くせして
ひがな一日　ゴルフに　興じ
きんきらきんと　上流ぶっている
社長一家。
ウエハラ産業の　ご難だったのだ。
上の娘の　婚礼とかで
急ごしらえの　家紋
ご満悦に　染めぬき

花嫁衣裳から　羽織まで
しめて二百五十万円也と　吹ちょうする。
そのあげくが
隣り近所の
こともあろうに　礼服もたぬと
式への参加をことわったのだ！

イカイノ　トケビ
おこったねえ！
明ければ　晴れの　結婚式。
なんで　ころあいをのがそうか！
舞台のような
衣裳部屋で
三株のニンニク
やおら　盛りあげ
電気コンロの　スイッチを入れる。

こんがり　しみて
いぶしあがって
部屋の中の
なにも　かも
じゅうたんの毛織　ひとつひとつ。
匂うったら！
匂いったら！

正真　俺は
同情したのだ。
大きな躰　なげだして
のみの夫婦の
よめさんのほうの
世もあらぬ　狂いぶりに！
それでも夫は　社長の夫で
貸し衣裳なんかじゃ　沽券にかかわると

あたふた見つけたショウウインドウの
白いベールの　ウェディングドレス。
ひきはがすのも　もどかしく
やっとの思いで　駆けつける。
ところが　なんと
ひどい仕打ちもあるじゃないか?!
いくら一家が　くさいとはいえだ、
座を立ったのは　お客だそうだ！
ほんとに　気の毒な
ウエハラさんだ。
それでいながら　誰ひとり
イカイノ　トケビを　そしろうとしない。
よくよく　世間は
冷たいものよ。
出会ったものの
不運にするとは！

ウエハラさん！
社長さん！
せめてゴルフくらい　やってなけりゃ
彼の機嫌も　まあまあだった。
傷害罪に
恐喝と
イカイノ　トケビは前科もちだが
ゴルフにだけは　原告なのだ。
世があげて
棒を振るから
わが　トケビの
つむじが　まがる。
めったにこない　台風が
大阪ちかくを　通った日。
駅のホームでポーズとる

サラリーマンの　雨傘が
トケビ自ら　当ったのだ。
それで五十万の　傷害金　ひっかけ
目下のところ　係争中。
その折もおり
お嬢の婚礼が　出会ってしまった！

イカイノ　トケビは
へそまがり。
このことだけは
知っておかにゃ。
昨夜の　終電車の
傷害ざたも
俺にだけは理屈が　わかる。
女が　ひとり
からまれて

よわっていても　なすがまま。
ぐるりの　男の　だれ一人
みてみぬふりの
酔っぱらい。
とうとう　トケビがしびれをきらし
やにわにしめあげ　つきとばす！
両どなりに坐っていた
思慮ぶかそうな
二人の紳士。
なにをするんだ！　と
起き直り
思わぬ暴力に
目玉しろくろ！

同志よ！
とばかり　手を叩き

もたれかかる　酔っぱらいに
膝の一発
もろに　くれてやり
声が出たかよ
日本人！
電車が止まる。
ゆうゆうと出る。
海洋博へ
行くとはいったが
まかりまちがっても
チョウセンの悪口　いうでない。
彼が　また
アンテナよりも
早耳なんだ！
イカイノ　トケビは
神出鬼没。

日日の深みで（三）

それは箱である。
こまぎれた日日の
納戸であり
押しこめられた暮しが
もつれさざめく
それは張りぼての
箱である。
箱のなかで
箱をひろげ
日がな一日箱を束ねては
箱に埋もれる。

箱は催促される
空洞であり
追いまくられて吐息のいぶる
うつろなよすぎの
升目である。

立方状に仕切られてあるものに
生活があり
忍耐はいつも
長屋ごと升目にかかるので
夜を日についだ稼ぎですら
ねぐらが埋まる程度の
量《かさ》でしかない。

やっとこほども
ひしゃがった指と

まだらにはげたマニキュアの爪とが
シューズだの
サンダルだの
トップモードを産み分ける
化学《ケミカル》なのである。
裁《た》って
縫って
焼いて
切って、
家じゅうの手と手が
息を切らして
シンナーならぬ溶剤に
壁板までもどんより酔ってて
底すり
釘打ち
張り合わせ、

日ごと青ずむ歯ぐきであっても
おかげでほほは
ほてりっぱなしだ。
それでもこなさにゃ
干上がる月が間口を覆うので
詰める。
仕上げる。
屋根をささえて
箱がかさなる。

箱は
しゅうねく待ち伏せる
あてどない期待の待機である。
そこには耐えているものの
しかめっ面な情緒がとどこおっており
あてがわねばならない飢えは

いつも板間で口をあいていて
充たしようのない日日を
閉ざす蓋は
きまって上がりがまちに
もたげてある。
いくら手なれた
なりわいであっても
果てしなく持ち去る年月のなかでは
所業だけが
実入りを待つ心とはなるのである。
だから　ひしめく手が
たまさかの引き合いに
もつれあってて切れているのであり
一つ軒を間仕切っている
へだてない　へだたりの
ゆきかうつながりが　あるのである。

願いは
ぎすぎすしい尖端の
領有と思ってもいい。
それは一つどころで角つきあっている
せめぎあいであるからだ。
圧制に狎《な》れる道行きの彼方で
ようやく見えてくるのが
墳墓をかたどる
祖国であり、
営々　不安を掛けとおしている
たのもし講の満額が
海を渡る羽振りのための
家郷といった具合いである。
そのどちらも
忍従をしいるならわしなので

耐えることから
耐えないかぎり
切れていることから
切れることは　まずないのである。
一つごとの表裏というよりは
尖端が周囲ということなのだ。
ゆめゆめ　思い違いだなどというべきでない。

ともあれ　ぐるりを見まわしてみたまえ。
どれほどの空間が
自分にあるかをとくと見たまえ。
よしんば九階からの見晴しであっても
それはそこで区切られている
奈落の尖端にすぎないものなのだ。
せしめた眺望でなく
ひきあげられた願望であることが　わかるだろう。

俺も今しがた
その尖端から戻ってきたばかりのところだ。
なんともにぎにぎしい婚礼だったが
もはや儀式は
通り相場の手だてを祝う寄合いともなっている。
しゃにむに
お医者様になってもらわねばならない
息子が　ひとり
成人して
節くれた年月は
的確に
安らいでいられる
歳月ともなってくれねばならない。
なによりも不安から切れることが
日本を生きる要件なので
在日の　ゆるぎない選良が

三つ文字で呼ばれることは
とうの昔に切れている。
切れているから
ひしゃがる指の
賭けがあるのであり
それに重なる在日があるから
切れていられる
つながりがあるのである。

切れる。
はなから切れる。
切れるまえから　切れているので
切ることからも
切れている。
耐えねばならないなりわいに
つながるなにかが

わからないほど
つながることから
切れている。
太陽がひとり
バス道の向こうでずり落ちていても
投げる視界がないから
思いみる国の　色どりもない。
夜更けて　星を宿す
運河でもないので
もちろん　せかれて帰る
海でもない。
こもって切れる。
ともかく切れる。
主義から　切れ
思惑から　切れ
自足しているつもりの

くいぶちからも切れてみる。
底をはたいた　その場所で
まんじりともせず
いろじろんでいるものに
出会ってみる。
わないている
細い根のからまりである。
岩盤にしがみついている
異国を生きる　しがらみである。
浅い根に
土間がうってある。
それは　基礎もない
棒で立っている
箱である。
張りぼての、
アルミサッシの、

タイルがまぶしい
成金である。

箱を生きて
箱に埋もれる。
あくまでもそれは
箱である。
夜ともなれば
母は行李を
たたんではなおし
なおしては　ひきだす。
催促もない
旅発ちの催促に
俺はひとり
ストレートを割って
呑んでいる。

さっきから
電話は
箱の向こうで
鳴りっぱなしだ。
聞いても　せんない
箱の中で
箱は　他人を容れない
かたくなな
かんぬきである。
漫然と
外へ開くことのない
内開きのドアの改造を
考える。

果てる在日（一）

あなたは　他人。
も一人の
ぼく。
けどられてない
ぼくと
かくされている
あなたと。
素知らぬ顔の
空の下
せかれてみたり
ふさぎこんだり。

だれともないほぞを
ひとり嚙んでは
いつもの顔で行き交《か》っていく。
知らないどうしで
知っているどうし。

あなたは　影。
めくるめく日ざしのなかの
ぼく。
下請けの量でしかない
未来と
バレーコートの
のびやかな
肢体と。
ともに透けて
かげろうて

ひずんだ窓で
空は三角にけばだっていて
あてどない日日を
ゆらめいている
ひとひらの雲の
淡いくまどり。

街は
企業の高さで翳ってゆき
もはや人は
ハレーションの通りにしか
いることがない。
シャワーはいつも
奥まった都心の壁でだけ
しぶいていて
汗みどろにくすむのは

きまって
コートの外の
ぼくなのだ。
だから抜け出る。
照り映えるビルの
硬質ガラスを
すり抜ける。
すいと
ショーウィンドーに
のしかかり
オフィスの空調かげんをたしかめては
見果てぬポストへ
ひそかな影をしのばすのだ。
それが届かない。
窓を一つに
見ているぼくと

いくら見入っても
見返す　あなたと。
まったく同じ仕草の
のぞきようなので
凝視はたかだか
鼻つきあわす
瞳孔なのだと知らされる。

ボールが舞うのです。
ゆっくりと跳ねて
そのまま墜ちて
しゃがんでいる私が
奈落です。
遠景の向こうで
はずんでいながら
見ているだけで

負けがくるのです！
どうせ届かぬ世界ですから
私はここで
分娩します。
行きつく先が見えている
そんな私の在日ですので
眠りに落ちてもかまわないのです。
くにに目ざめて
囚れるよりは
思いみる
国もあったと
うねる潮香をゆめみて寝ます。
ヂョンスニ＊！
ここにいなさい。
日本にいっても
とりまく海を渡ってはなりません。

＊モントリオール・オリンピック女子バレーボール日本選手、白井貴子さんの、養女になるまえのなまえ。

こぞった声援を　つぶしていては
よそよそしいあなたが
あなたに　無残で
私とこぞった
私の国から
この私が切れていきます！
ヂョンスニ！
ニホンにだけ
こもっていなさい！

あなたは
いるか。
ぼくの　あこがれ。
気密室の
床の上で　反転し
美事に変身を遂げた

ぼくの在日。
残業にかげる
螢光灯と
アーク灯にはずむ
バレーボールと。
ダンプに揺られて
口笛吹いて
実況放送に
血道をあげて
街なかのゲリラ。
白井の
恋人。
去年になっても至らない
射程の外を
ひた走る。
ヒタチムサシは

遠い先。

私は　あなた。
あなたのなかの
切れている二人。
分けようのない隔りを
分けあっていて
これが裂け目だと
出会えぬ出会いに
柵をめぐらす。
ぼくにはそれが思想なのだが
きみにはゆずれぬ
志操でしかない。
志操と
思想と。
どっちも一つのことを

言い当てていて
べつべつに
まるごと
一つのことを主張しあっている。
ともあれ俺たちに
対極はないのだ。
在日世代の
おまえと俺が
はてしない証しの表明のために
同じ芯を削りあっている。
ぼくが朝鮮で
おまえが韓国。
だめな二世が俺であるなら
君はさしずめ
出来のいい複製のニホンだろう。
その君が

たくまぬ見本をぼくに見るという。
せつない話よ。
どっちを向いても
ニホンのなかで
彼女ばかりか
おまえまでが俺の変色をあてこんでいる！
原初さをひけらかし
いきおいチョーセンにも
なろうというもんだ！
おかげで俺は
共和国さ。
徐勝《ソスン》らの命運とも切れていられるほど
至って安泰な
ぼくなのさ。
在日を生きて
背中合わせで

韓国でなくとも
朝鮮でない
知ってのとおりの
知らないどうしよ。

光りのうらで白んでいるのは
ものうい語りの
独白だ。
見知らぬどうしが
よそおいとおした
もぬけの殻の
がらんどうの所在だ。
いつとはなしに
くらました
沼の底の
鏡の孤独よ。

ひそんだ二人の
亀裂の顔よ。
あなたはアタッカー。
私はセッター。
上げもせぬのに
叩き込まれて
だれともない一人の
在日が果てる。

ゆれる
ネット越しの
元結《もとゆい》の髪。

果てる在日（二）

あまりにもむごいよ。
この仕打ちは。
祖国だと
親の帰れなかった
祖霊の地だと
息子ははるばる
片ことまじりで探していったよ。
待っていたのは
監獄たァ
祖国さまァ
つれなさすぎるよ！

殺されてもかまわない
スパイとかで
かかわりないのに首ねっこ絞めて
青い身空を吊り下げるとは
大統領さまァ!!
なんぼにも　むごいよォ　！

ここじゃだれもが
いりくんだ暮しを生きている。
法事にも　葬式にも
同じ家でも
北と南が
からむってことはよくあるよ。
祝いごとなら
円卓かこんで
呑んでいることだってめずらしくないよ。

そんななかで　大きくなって
それでも海の向こうに
自分の国　見つけて
くにでの勉強が大事なんだって
この春
雨の日
発っていったよ。
＊ハナニム！
くにで覚えたはじめてのことばが
おのれの死の
「死《チユグム》」だとは
なんともむごい
くにのことばじゃないですか！
悪魔が唱えた
これは呪文ですだ！
あまりにもなさけない呪いですだァ！

＊朝鮮人がいうときの「神様」天神。

寝ものがたりにきいてきた
くにの話がいけなかったですよ、きっと。
見もしない朴《パク》の実の
色づく秋まで伝えてしまって
結ったこともない
赤いテンギ*すら
このわたしが
くにの娘らにはみんなつけさせてしまったんだから！
あまりにもながい　時が経ち
ばあさまのお話だけが残ってしまった。
あんなにも遠かった
じいさまの国が
ひとまたぎのご時勢であることを
かんじんのわたしが忘れていた。
それでも国は　やはり遠いよ。
なつかしんだ　ばあさまの

村がやはり
わたしの国だよ。
記憶だけがつたわって
ふたしかな言いまわしの
唄のほかは
あまりにもはるかな向こうにすぎるよ。
朝鮮は。
つらいことばが血を吐いてくる
昔を今の
国のほかは。
あまりにも遠くへだたっていて
あまりにもむごくさえぎっていて
ニホンじゃどうにもならないのだよ。
＊＊哲顕《チョルヒョ》なァ　！
＊＊五子《オジア》やァ　！
まずしいわたしのゆめを罰して！

＊女の子の編み下げ髪の先に結ぶリボン。
＊＊在日からの留学生のうち、反共法違反の名目で無期、または死刑を宣告されている大阪出身の学生たち。

くにの変りようを思いちがえた
おろかしいわたしが受ける罪だよ！
大統領さまァ!!
あの子のせいじゃない
わたしを殺してェ
韓国さまァ——

果てる在日（三）

つい
今しがた
俺は十一人目の片割れを手放したところだ。
奴のせきこみようじゃ
ものの二丁とはもつまい。
角か
さもなくば
安全地帯にのし上げて
そこの誰かを道づれにしている。
どのような　奴が
砕かれるか。

その容貌から
飴のしるをしたたらせた
昨日のしゃぶりつけの服のしみまで
奴の非情さの　お膳立ては
ちゃんと俺が　しつらえてある。
俺は　ここに　こうして
十三時間も坐りとおして
この前近代的なメード・イン・ジャパンに
わが分身の一つ一つを組み込んできた。
じめっぽい露地《ろじ》の
油にしゅんだ喧噪と鉄塵のなかで
理由もなく俺の青春がほそってゆくとき
うつぼつたる憤懣は鋭角な自走砲の
弾丸となり
間断なく
街のどまん中へぶち込まれるのだ。

日に何十人となく
俺の手にかかった亡霊が街を埋めてゆく。
こいつらが一つの力にならないためにも
俺は決して特定の人間をねらったりはしない。
ただ潰す。
そのためにのみ
この時代がかった間口の土間で
手で廻すミシンのハンドルを組んでいる。
もうすぐ22時だ。
最後の本体をとりあげ
大ギヤーをつけ
ピニオンという小ギヤーをつけ終る。
把手を廻すと
8の字がたにギヤーとギヤーが噛み合い
いきおいプーリンは
ハンドルの強制に音《ね》をあげる仕組みだ。

少なくとも
俺のドライバー一丁が
反共国家群の信義のほどを
零細な同胞企業のどろんこの中でつなぎとめている。
弓なり状の力の接点においてのみ
この需要は必要とされるものなのだ。
マレー、タイ、
インドネシヤ、イラン、
そして台湾、韓国と、
ひとたまりもない。
すばやくカバーの中へ押し込むが早いか
噛みこまれる民衆の
はみ出る余地をまったくなくしたまま
もっとも頑丈な洋箱に閉じこめるのだ。
間髪いれず
打ちこまれる鋲。

タタタタ　タタ
黒びかるマシン・ガンに
のけぞる
手廻し族ども。
マクシムの単身銃からしてすでに九十年。
今や引金一個の統制に
なんとみごとな落差の隊列を敷いていることか。
彼らにオートマチズムを知らしてはならぬ。
それは銃口の威圧を無視することだ。
それにもまして
この俺のパンと特技がなくなることになる。
おお　わが分身よ！
出先地のいずこを問わず
このハンドルを握る一切の人間を消せ！
その後進性をあざ笑うインテリも
あわせて殺せ！

それが湿地帯で食をつなぐ亡者どもの
ただ一つの
販路だ。
ボーナスもない。
産休もない。
労災もなければ
ソウヒョウもない。
残業だけが
新年になる
そんな歳月の炸裂だ！

この殺戮は
二十世紀後半の見境いをもたぬ者に
格好の自信と栄誉を　保障する。
たとえば
こうだ。

こざっぱり着がえた俺は
五十分のちに　ここを出た。
空になったべんとう箱の
あのいやなじゃれつきを気にしながら
角をよぎった
時だ！
奴の美事なる変身は
ダンプカーを乗っけてきて
あっ
という間に
俺を昇天させた。
それで
十二番目の　片割れが
俺の俺になり代わって
あの組立場の仕上げ台に
おさまっていることになる。

このハンドルが
せめてあのダンプカーを撃ち抜く多身銃《サクソニヤ》になりはせぬかと
水平に
把手を擬し、
歯と歯を噛み合わすだけの時を
奴は際限もなく日夜撃っていねばならないのである。
このとき
日日は
うそさむくも
胴体のあわいからすり抜けるのだ。

果てる在日（四）

あのとき、
ぼくは生産中でした。
午前一〇時半。
それでぼくは
寝坊をしたのです。

あなたが
生命の終点で
のたうつころ。
そうです。
そのころ。

ぼくたちは抱き合っていました。
寝まきが要らぬくらい
汗ばみました。
午前一〇時半。
妻とぼくは
街の中です。
午前一〇時半。
枯木のあなたがくずおれて
ミイラの母がうつぶせました。

そしてあなたが死んだのです。
そして母が叫んだのです。
泣いたのです。
わめいたのです。
声をかぎりと
ぼくを呼んだのです。

さわやかな
午前の
日曜日。
ぼくはそんなこと
夢にも知らない。
街はとってもにぎやかだから
空は澄んでても聞えない。
初春のあやな
もえぎのなかで
母は死装束を着せました。
初春のはなやぐ光りのなかで
妻はぼくに
言いました。
ベビーベッドが欲しいと。

なにぶんとも遠い海のあちらで
ぼくの手の
とうてい及ばない韓国で
母がひとり
葬った
父と
余生と
これからもありそうな
六十の生涯。
たしかにぼくに託されていた
その生涯。
暮れなずむ日の
メリーゴーランドよ
もうすぐぼくも
父となる。
もうすぐ妻も

母となる。
あてどない日日の
あてどない
日本で
子が子になる。
親が
消える。

果てる在日（五）

行列が　すぎる。
山ひだの
岩間を
迂廻し
コレラという
呪咀にとりつかれた
一族が
浮かばれぬ魂の
重さに耐えて
声もえたてず
通ってゆく。

水分という水分を
吐きつくし
飴のようにのびきった
皮ふをしわらせ
故人は
多くの故人を
道づれにした。
幾十年もの
暴圧と
貧困にあえいだ
同族へ
仮装された解放が
疫病とともに
見舞ったのだ。
すでに
骨肉相食む

火の手は上がっていた。
道は遮断され
呪いは
南海の暑熱をよぎった十二文半の
軍靴につきそわれて
この地を占めた。
それ以来
故郷は
文明をもたぬ。
死人を喰らった
野犬が
狂い
血ばしった
まなこに
町が
ゆがみはじめたころ

生きる土壌は
完全に
占領軍の足下に
ひれ伏した。
病人を
くぎ打ちにし
家を
火祭りにあげた
夏がすぎる。
死が
安らぎでないまでも
一つの
解放ではあるべきものだ。
むれる
夏を
硬直し

黒く
ひからびた
仮埋葬の
死人を
あばく。
欲しない死を
強要された
死人に
浮かばれる日は
永劫
こないだろう。
固形物の群れが
喪服に包まれて
果てしなく
眼底を
よぎる。

生きながら
ミイラとなった
母が
その列の
はしに
しがみついている。
腐るべき日も
肉体も持たぬ
八十の生涯へ
鉄の
無限軌道と
ジープの疾走が
舞いあがらす
土ぼこりが
もうもうと
立ち込める。

かくも累々と炭化した
死人のうずくまる地層に
したたる緑が
望めようか。
炎天の季節を
まだ埋めてない
母が
二重映しに
だぶってくるのだ。
生きるべき
土壌と
成仏せる地層の
厚みの中で
わたしは　まだ　死なぬと
ひからびた胸の
死をはだけて

迫ってくる。

いぶる

承知で
悪いのさ。
こんなたぐいの仕事なら
いつでもありついていられる
身勝手な世間が
しゃくなのさ。
めいっぱいうごいて
うしろめたいとは
割に合わない
汗みずたらしよ。
それでいて

稼ぎときたら
正真　体を張ったものなんだ。
ぜに出しゃあ難のない
お大尽さまより
捨て去りゃ　こざっぱりな
市民さんたちより
難儀を押して引き受ける
おれのこの
意地のほどがまっとうさ。

それでもわるいは
わるいんだから
風をくらって
逃げを打っている。
おかげでおれぁ
いつも不在だ。

たぐられるまでの時間が
家にあるだけで
なにもかも
そう、妻までが
そこにそうして
ずうっと以前から
しなだれるものの中にある始末なのだ。
年はとるが
とるだけの日日は
彼女にもありゃしない。
お互いにない　時間のなかで
妻がおさんどんの
ガス栓　ひねり
おれは　おれの痕跡を
風のなかへくらましてしまうので
川っぷちを巻いた風は

山の中腹で燃えているのである。
目にしみるだけの
記憶なのではない。
失くした時間のなかでなら
妻が　くべてた
カンテキのいぶりでもあったものだ。
それが喉をひりつかせ
ただれた咳を
目からしわぶかせるものである。
世界中が　おれから
不在でなけりゃ
完全に　そっぽを向かれるところで
はぜているものに
おれのたつきがあるのでなけれゃあ
おれは　ただただ
追われるばかりの

あぶはちとらずさ。
実入りとて　なにもない
焼けた野原の
猫さ。

つくねんと
村びとたちがくいいる
チロチロの　飢え。
火華《プルコ》が咲いたと
両手を合わせ
こころばかりの籾を
夜空に放る
遠い送り火。
焼畑《バンファ》はぞうっとするほど
美しいんだ。
いがらい灰汁《あく》

目からしたたらせ
でんぐり返れ！
夜明けのしじま。
やって来ぬ間の
呆けた空など、
縁のない光りだ
おおいつくせ！
あこぎに生きても
適《かな》わぬ　朝を
煽られ
いぶる
燃えない
心よ。
逃げにゃあ。
立ち込む臭気
かいくぐり

あたふた
浮かぬなりわい
まぎれていくんだなあ。
目をしばたかせて。
この程度が
彼の余禄。
おれの距離。
高度成長のジャングルを
逃げをうって食いつなぐ
不法処理の焼畑ぐらし。

無造作につきだされる
ひや酒　あおり
おれは見たのだ。
四十がらみの
したたかな奴。

すすが墨とこびりついた
いかつい掌の
猪飼野
*
火田民。
どこからみりゃ
奴の焰は
色になるのか。
裏を駆けて
山に
煙り。
どこかでだれかが生きたあとの
ひとすじの
たなびき。
焼き場の
えんとつ。
おれは隠坊

*焼畑農業をなりわいとする極貧農を指す。長年にわたる圧制によって生みだされたものだが、食いつめた小作農たちが火田適地を国有林にもとめ、火を放ってすきかえし、灰を肥料に粟、ヒエ、そばなどをつくる。しかしすぐ地力がなくなるので、次から次へと林野を焼いていかねばならない。因みに、日帝治下の一九三九年における火田耕作者は三三万戸、約一八七万人に達し、火田面積も実に五七万町歩に及んでいる。

産業廃棄物の。
云わんでくれや
よくない暮しさ。

夏がくる

このままた　夏が来て
夏はまた　乾いた記憶に白く光って
はじける街を岬の突端へ抜けるのであろうか。
炎天に枯らした声の所在など
そこではただ　うだる広場の耳鳴りであり
十字路をどよもす排気音ともなって
サングラスが見やる
ハレーションの午後の
打過ぐ光景にすぎないのだろうか。
虚空に喚声は絶え
ひしめいた熱気も

かげろうでしかない夏に
唖蟬がおり、
蟻にたかられている
唖蟬がおり、
照り返す日射しの
痛さのなかで
一本の線香が
か細く　燃える
願いだけの
夏がくるのだ。
夏とともに
去った年の
見果てぬ昼の夢よ。
ぐしゃぐしゃの顔の
愛よ、
叫びよ、

歌に揺れた
まっ白い
入道雲の
自由よ。
夏がくる。
こともなく。
すっかり失くしてしまった
夏がくる。
まだあるのだろうか。
老いた人の
若き日。
若い人の
老ゆるさき。
なにが手渡され
なにが残って
彼が行くのか

彼が死ぬのか。
憎しみばかりがこんなに多くて
歯ぎしりのままに
骨壺に収まって。
恨みはないのか。
けいとうの渇きも
知らずにすんだ
なにもない愛の
夏であったと。
炎熱にひずんで
男がくる。
時を逆さに
一歩
一歩
疎開道路の向こうから
草いきれをかきわけ　やってくる。

ここには　多分
三十年のちだろう。
夏はこうして
冷房の外で
うだっているだろう。
そのときまだ
夏は夏であろうか。
まだ　だれか
知っている彼を知ることがあろうか。

影にかげる

かげる夏を知るまい。
光りにくまどられた
そこひの夏を。
きららに映えて
かげろうてもいた
陽ざしのなかの
かげりの放射を。
黄ばんだ夏の
記憶の
白さを。

目を閉じてみたまえ。
浮かび上がるなにがあるか。
空か。
海か。
そそり立つ街の
音のない輝きか。
それとも　見晴るかす
はるかな村の
おぼろな森か
染まる鳥居か。
雲はどこで盛り上がっていて
蟬はどこの
人造湖の
表皮をよじって
しぐれているか。

いつの時にも
それでしかない。
それが君の
目で見る歳月だ。
重畳《ちょうじょう》と夏を重ねて
記憶はいつも
残像だけを自然に仕立てる。
逆光の先でぎらつくものまで
君に馴れない
自然はない。
ところがそこは
もう太古の領分なのだ。
けばだつきらめきのなかでなら
ただただ君は
漂白される
翳である。

そこでうすれて
消えるのである。
そのうち時刻表でも
繰っているだろう。
どっちつかずの時間てなあ
手がるな旅にもあるもんだ。
まずは晴れた朝の
8時15分。
股もあらわな
ナップザック。
すっかり透けてしまった
夏である。
その夏がかげるのだ。
おれの半身でかげるのだ。
なんと　かい間見た朝が
正午だったので

夜と昼とが
とうとう昼のひなかに
固定してしまったのだ。
はじける時を抜けきれぬまま
どこをどう向いていようと
おれの生はおれの影でだけ
息づくことになっている。
だからおれは
南中の男さ。
おれがいながらにして
白昼であり
おれが白昼の証しの
陰なのである。
おれは陰のなかで
時を知り
夜に溶け入って

時を喪う。
いわば三二年は
喪った時の影なのだ。
炎熱にひずんで消えた歓呼も
しばしの解放に浮かれた白昼夢も
南中の陰に沁みた影だったのだ。
だから昼の翳りを見てとることができる。
今をさかりの炎天にあって
遠景のむこうからやってくるのが
おれのかげった夏であるのを知ることができる。
正真おれは
午前中いっぱい闇にいた男だ。
なんの前ぶれもなく
回天は太陽のあわいから降ってきたのだった。
突如あおられた熱風に
いきおいまなこがくらんだ夜の男だ。

おれの網膜にはそれ以来鳥が巣食っている。
日々緑の羽をひろげて
そこびかる夏をかげらすのである。

影が墜ちる。
そこひの夏をかきたてて
かげる夏を光って墜ちる。
緯度を裂いた土けむりが
髪にからんだ
草の葉が
雲母《うんも》もきららに
中空を墜ちる。
影まで燃やした
閃光が詐術だ。
被害者ばかりの殉難があって
おれをくらませた

国はない。
あるのは影のなかの
おれのかげりだ。
平静に照り映える日本の夏を
透けてうすれた記憶のうらを
もまれた果ての海の浅瀬で
子供はまたもおぼれたそうな。
この子の親に
夏はすべて。
記憶だけが季節となって
供養だけの夏がめぐる。
あくまでも不運だった不幸のお弔い。
お盆の夏の
彼岸花。
君にも海は
やはり青いか。

遠くで山は
はるかな街は
照っているか。
澄んでいたか。

それでも　その日が
すべての日

はしゃぐにも
パパと呼んでは　お目玉がきた。
おれだけが　あのときからもアパ*だった。
オンマ**でなくては
おねだり　ひとつ
素知らん顔の　母のときから
おれはずーっと　聞かされていた。
いまに帰る日が来るんだよ。
おくにが一つになる日がさ。
それでおれは行ったもんよ。

＊父の幼児語。
＊＊母の幼児語。

朝鮮学校にさ。
ろくろくものも覚えぬうち
ハッキョウとやらは潰れちまったさ。
それでも親はいつもの口ぐせ。
いまにその日が来るんだよ。
民族学校《ウリハッキョウ》で歌える日がさ。

あーア、そうだったとも！
どっちつかずのこのおれに
半分だけの　くにがきたとも。
一つになる日を待たされて
当てもないまま親になったとも。
おかげでおれは　アパのままさ。
妻までオンマを受け売りしてるさ。

一つもないのに

二つもあって、
朝鮮と呼んでは
けんつくを喰って
韓国とてもくになのに
反共とかで朝鮮でなくて
それでも子らには一つをいうのさ。
いまにその日が来るんだよ。
一つのくにに帰れる日がさ。
おれすら知らないそのくにを
おれが頒けておれが聞く。
アパのくりごと、　年ふりたこと。
いつとはなしに　しみついて
知りもせぬのに忘れないのさ。
いまに来る日があるんだよ、
来たからには　帰れる日がさ。

あーア、そうだとも！
居つくにしてはつらすぎる。
なじんだにしては　はみでてる。
異国ぐらしが　旅であるなら
だれにも終わる　旅はあるさ。
いまにその日がやってくる。
焦がれて消えたその日がくる。

働くにも
朝鮮はいつも　じゃまだった。
それを承知で
アパはおれを朝鮮にした。
おかげでおれは
この年までも　その日ぐらしさ。
おれをなだめてオンマが老いたさ。
いまに芽が出る、風も吹く。

そんな日がある時がある。
あるはずないなど　おれもいわない。
本名に耐えて子らも育ってる。
目だつだろうがそれがしるしよ。
隠して似せて　やりすごしては
やってくる日が浮かばれない。
いまに来るよ、甲斐ある日がさ。
日本を生きた　おれらの日がさ。

あーア、やってくるとも！
まくら木にそよぐ
草っぽのようにやってくるとも。
釧路の果てで
筑豊の底で
埋もれた日日に捨てられた
生身のうめきを返してくるとも。

云われるまでもないことが
云われてすさんで気が滅入る。
問うたところで同じことと
ないことないが
口にはだささない。
おれらどうしが融け合って
帰れる国に　すればいいのさ。
いまに来る日はやってくるよ。
お世話になったと笑える日がさ。
その日を生きる。
日本を生きる。
おれらが朝鮮を
創って生きる。
根っこのはみでるくらしにも
せかれる日がくる、いまにくる。

爪で点した灯《ひ》の日がくる。

あーア、そうにちがいないとも。
日本で病んで細っているのは
その日のための青い日だとも！
見えないその日にかげっている
ひとつのことばが
ひとつの日。
日々にうとく　うすれているとも！

イルボン　サリ

一年越しの管を巻く。
*初祭祀《チヨツチエサ》だというのに
聞こえよがしに声を上げ
なにが身内かと
帰らぬ息子の憂さを払っている。
一台きりの射出成型機《インジエクシヨン》が
ジー　プシッと音《ね》をあげつづけ
**祭需《チエス》の振り分けにうつ向いているのは
ここまんばかりの母である。
誰が聞いても浮かない話しよ。
不渡りのあおりでいなくなった

従兄《いとこ》も同じプラスチック屋さ。
融手《ゆうて》***の絡んだあいだがらで
従兄弟どうしがこそげ合って
一つの得意を分け合っていたのだ。
扶け合わなかったわけじゃなく
扶け合っても助けにならない
そんな助けがおれらの支え。
二度の雨やどりで尽きていたのが
漕いで廻った金策でした。
そんなことを知ってか知らずか
日本《イルボン》暮し《サリ》が恨みじゃと
呆《ほう》けた膳を叩いては泣き
肉身すらもうすれるのかと
うすい肩をゆすって迫る。
この人が叔父。
一門が寄り合っても心もとない

*死後二年目の忌祭、「大祥《テサン》」が済んだ翌年の祭祀。
**祭祀に必要な飲食物。
***商取引がないにもかかわらず融通しあう、約束手形のこと。

命日の日の
父の弟。
ますますかたくなに老いを刻んで
日本を生きても生地のままだ。
イルボン　サリを生きている
おれは二世で
イカイノのまま。

夜

祀られる夜を知るまい。
あどけない*棘人《クギン》の
ねむ気のような。
暮しの底の
手のひらのような。

寝もやらぬ夜の
猪飼野を知るまい。
香木がくゆらす呪咀のような。
団らんにゆらぐ

*葬儀に服喪する遺子。

灯明のような。

故郷を離れた祀りを知るまい。
寄り合うだけが支えのような。
死者のいない
追憶のような。

それでも焼かれた流浪を知るまい。
骨が怨んだ焼き場のような
猪飼野どまりの生涯を知るまい。

祀られる夜を君は知るまい。
夜更けて火照る猪飼野の
海へ帰す祈りを知るまい。
子どもが編んだ
笹舟のような。

ならわしにくすむ
呪文のような。

へだてる風景

川は
暮しをつらね
暮しは
川をへだてる。
川をへだてて
集落があり
集落をへだてて
街がひろがる。
街はながれる川を知らず
川はひろがる海を知らない。
澱んだ果ての

堆積であり
堆積の果ての
にごりである。
あぶくをまたいで
橋がのび
対岸を見すえて
街が切れる。
異様な臭気を
はびこらせ
小火《ぼや》のような
雑鬧《ざっとう》がもえて
集落は
すでに
眺める位置で
迷路である。
橋が渡って

対岸でなく
川がかたどって
流れでない。
打ち過ぐ日日の遠景に
好奇のいちべつが
かいま見る
黒い仕切りの
対岸がある。
せり上がる空間での
まばたきであり
見とおせぬ距離での
実在である。
蟹も這わず
風紋もよじれず
古老だけが船を見たといい
鳥かげの記憶は

古老にすらない。
下水を集めて
運河であり
退路を断たれて
なお川である。
うごけぬ運河を
猫が浮き
境界をなして
川がしなびる。
日本と朝鮮の境い目であり
朝鮮と朝鮮の雑居であり
異郷でいぶる
家郷であり
年月であり
味覚である。
さらされた

干物の愛にまぶされて
奥歯に耐える
日暮れがあり
にじむ飢えがあり
もみくちゃの目が見る
ゆがんだ顔の
白い悔いがある。
百済《くだら》の里に
葦はなく
海が出会った
河口も断たれた。
掘りすすんだ水路を
集落がかかえ
ひしめいた泥の
地下足袋も
固い川床の

コンクリートの下だ。
澱んだ運河に集落はとぎれ
川を求めた人たちの
行方を知らず
運河だけが
地を割った末裔たちの
かたえで
黙る。

朝までの貌

彼女の強さがなんであるかは、ちょっとした判じものである。体の調子とはおよそかけはなれた、それは別格の生活力だからである。なぜなら、彼女はここ十日ばかり、とみにから咳がつづいていて、食道へ三寸も落ちこんだ感じの咽喉を、ひき戻すのに躍起なのだから。

体温計を振る習慣がなかったからいいようなものの、かなりの熱をおしての日課であることだけは間違いない。

こういえばますます頑健さを証しだてるようなものだが、実は彼女、とっくからその体力とやらには信を置いてないのだ。

季節にいち早くさとくなった体のふしぶしをもて余して、もうかれこれ四、五年にもなるか。それでいて〝耳切り〟*の量がその間、いささかも減ったといった日日ではけっしてなかったのだ。

まず寝起きに水をかえねばならない。寒いときは寒いときで、水のぬるみぐあいが発育を左右する。起きぬけに水道の水をただじゃあじゃあやる式で育つほど、相手は鈍感な生きものではないのだ。

わら灰がいちように、何層もの苗床をひたすよう、いかつい手がそおっと水をほぐして春雨にする。むれたが最後、労力が樽ごとふいになる夏よりは、これでもまだ、せかれないだけましな手順なのである。

時期により気温により、篠ついたりしぐれたり、節くれた掌《て》の中で、四季は自在に飼われている猫である。

うすぐらい土間を支配し、大豆を一斗樽に孕ませているこのとき、葉うらを返して渡ってくるのが、香ばしい豆畠の、青い匂いであることを彼女は知らない。入江の舟べりをゆすって、庭の天草をなでてきたあの風であることを。

白むだけでいろめく藪の鳥たちのように、彼女にはただ、やりすごしてはならない朝を、朝に先がけて創っている自分がいるだけなのだ。

部厚い彼女の胸の中で、風に吹かれて朝が目覚める。陽のささない長屋の朝が。

*焼きあげたゴム底のふちを切りとること。

末っ娘《こ》のヨニが起きてくるのはこのあとだ。水を使わせない母の気づかいに懸念がないわけではないが、手が使いふるしの、ゴム引きの軍手になる暮しからは遠のくべきだと、母の気もちをすなおに受けとめている。

進学を控えて、いくぶんやせぎみの彼女は、基礎工学にあこがれているが、朝大*にその学科のないのが悩みの種だ。それに親、とりわけ母に説明のつかないことも、ゆううつの一つである。

すぐに土建屋《ノけんや》など！　とはねてしまうのだ。中のオッパ**がダンプを駆って、家に寄りつかないことも機嫌のわるい背景となっている。

ヨニはこともなげに笊をたばね、タライをなおし、生まれるときからの仕草のように、くんくん匂っている鍋をのぞく。

チョグ***の大根煮である。母はもうかなりの量の焼き底****をさばいていて、切り取られた〝耳〟くずが、母のいう海草のように打ち上げられている。

ヨニはしみじみ、自分の生まれた場所を知るのである。小学校のころまでも、祖母はそこにそうしていたし、市場通りに座を占める合間をみては、母の〃耳切り〃を向かいあって助《す》けていた。

今もその湾曲の鋏は残っていて、ときたま手伝うヨニの道具となっている。

本当に、故郷は別にあるものだろうか？　二世に故郷はないというが、語りが沁みついている場所が、故郷になることだってあるのではなかろうか？

ヨニにはもう、ひとつの故郷ができあがっていて、石垣の家も、畠も、汐の満ち退きで水が汲める入江の泉までも、母の生きこし記憶そのままに、ヨニのものとなっている。

いつかその荒磯に、防波堤を築くことが夢である。

夜をひきずってしか生きてこれなかった彼女に、若さはまぶしいばかりの輝きだ。くびれた腰を見るにつけ、ひしぐ重さが若さにかかってはならないと思っている。

彼女は自分の強さを考えるまえに、なぜこのような体つきになったかを思うのである。かつぎ屋のときがそうだったように、のしかかったなにか

＊東京にある「朝鮮大学校」のこと。
＊＊妹が呼ぶ「兄さん」の呼称。
＊＊＊ぐち（魚）。
＊＊＊＊サンダル用にプレスで焼きあげる、合成ゴム底。

が、ずんぐりの体を作ったにちがいないと。

時のながれには、街じゅうがふっと白けてしまう時刻があるものである。骨盤がめりこむほどの五斗の米が、骨をきしませて階段を降りきれるのも、このころあいをのがしては他にない。

まさしくその時刻を耐えたのである。耐えるだけでなく、糧を得ねばならないうすくらがりを、生きたのである。家族ぐるみで生きたのである。路地でまみれて三人が育ち、うちの一人は風邪をこじらせて煙りとなった。彼女は今もって、この子の責めから解放されない。

運搬用の自転車を構えて、夫はしきりに思ったものである。どうすれば自転車は、五斗もの米を載せて、自力で漕げる利器になるかを。

さんざんな経験を味わったあげく、夫がものしたものは、至って凡庸な便法であった。二度に分けることの効率のよさを、体にかけて知ったからである。

なにしろ警察に取り上げられる回数が、八割がたも減ったばかりか、しなくともいい夫婦げんかを、ちゃんと必要限度に収めてきたから。

彼女の信頼がゆるぎないのも、この廻転のよさにあずかること、大である。

異国は歳月を、必要以上に短くするもののようだ。なじむことのない日日を散らして、日が過ぎ、四十年が流れてなお、異郷は異国の色あいのなかでくすむのである。

打ちあげられた小舟の、さらされている木目のように、路地の奥を行きどまっているのは、海を越えてきた行方知れずの青春だ。

知っているものとて、歳月しかない、老いたまなざしにかげっている遠い日の風である。

たしかになじんだ何かなのだ。

手なれた手順のなかで見過ごされてきた、それは何かの呼び戻しなのかも知れない。

夜をつないでしか、一日とならない彼女に、一日は仕上がってない焼き底が、山と積まれてある時間であり、なけなしの時間がせかれるなかで、とてつもなく長い一日が、夜なのである。

臭気に弱い、くすぐられる喉を知っていながら、なぜか、ちかしい思いにたぐられている自分を、彼女はこのところずっと感じているのだ。

焼きたての合成ゴムは、どこかカジメのむれる匂いに似ている。〝切りくず〟をそのまま、土間に敷きつめれば、すぐにも芽を吹きそうなくろぐろの堆肥だ。

荒れた日の早い朝など、海草を集めるのに大わらわだった彼女が、樽に閉じこめてしか芽を芽吹かせない暮しを、生きている。ひとかけらの土に飢えて、水を打ち、かすかにわななく毛根を束ねて、市場通りの彫像となるのだ。

岩盤に生きるつよさがなんであるかは、彼女にとってさしたることのいわれではない。ただ、根づくことのない異郷の固さにも、どっかり腰を据えていられる場所が、自分にあることを知っているだけである。

さかしまに裸の根をかざして、ざわざわ風のわたるうすくらがりを見入っているのが、よもや彼女をかかえているくにのふるえであろうとは、誰もまだ知るはずのないことなのである。

〈跋〉言葉の元手

安岡章太郎

金時鐘については、極めて明確な印象が一つある。あれはかれこれ十年も前のことだが、大阪から出てきた金さんと、初めて新宿の飲み屋で顔を合せたとき、金さんはセキ込むような口調で、こんなことをいったものだ。

「ぼくはね、若い連中と会うというてやるんです、『わしのニホンゴはもとてがかかっとるんだ』とね」

そういう金さんの言葉は、わざとそうしているのではあるまいかと思われるくらい朝鮮人の訛りとアクセントが強かったが、それだけにこの「元手がかかっとる」という言い方には、二重三重に屈折した一種すさまじいユーモアが感じられた。

しかし、金さんは一体、どんな元手をかけて日本語を仕入れたというのか？　これは当の金さん以外には、誰にもわかりようのないことであろう。はっきりしていることは、金さんにとって「日本語」とは単なる外国語ではないということぐらいだ。実際、語学としては、日本語は朝鮮人にとってそれほど難しいものではないだろう。金達寿によれば、日本語には古い朝鮮語からうんと入っているというし、また近代の朝鮮語には日本語をそのまま取り入れたものがたくさんあることは、私たちも知っている。それに何よりも金さんの子供の頃までは、日本語は朝鮮人にとっても「国語」であったわけだ。

この最後のことは、いまわれわれも決してそんなに軽く考えているつもりはない。

しかし金さんに、日本語を仕入れるために元手がかかったといわれると、大抵の日本人はこのユーモアのまえで狼狽せざるを得ないであろう。率直にいって私たち戦前の人間は、朝鮮人が日本語をつかうことは、要するに地方の人が標準語をおぼえこむことと大した違いはないぐらいに思っていたのではないか。つまり、支配者の立ち場に置かれると、人間の意識はその程度にボンヤリしてくるのである。そして私たちは、都合のいいときにだけ、朝鮮人を同胞と呼んでいたように、自分たちにとって日本語が自明のものなら、朝鮮人にとってもそれは自明のものであるはずだと、しらずしらず思いこんでいた。これがどんなに間違っているかということに気がつきだしたのは、敗戦後アメリカ人に接するようになってからだろう。

私自身、そのことを痛切に悟ったのは、アメリカへ行って半年ほど暮らしてからだ。人間の意識内容というものは言葉でつくられているのだ、とその頃の私はいまさらのように考えた。そして、頭の中にカタコトの英語を無理矢理つめこまれると、ときどき自分が五歳か六歳ぐらいの幼児に引き戻されたような心持に実際になった。金さんの日本語にもとでがかかっているというのも、おそらくこういうことでもあるだろう。金さんが何歳頃、どのようにして日本語を習得したかなど、具体的なことは、私は知らない。しかしいずれにしても、或る時期に金さんの意識内容はニッポン語によって作り変えられることになったに違いない。これはわれわれが受験勉強に英語やドイツ語を詰めこむのとは、まるでちがう。受験勉強の語学は、べつにわれわれが外国の勢力によって征服されたというような歴史的な意味合いを持つものではないのだから……。

そして、もしそういうことであれば、金さんの日本語に朝鮮人の訛りが強く残っているのは、それは金さんが内面で何かをかたくなに守りつづけようとしているからでもあろう。

あなたは、他人。
も一人の
ぼく。
けどられてない
ぼくと
かくされている
あなたと。
素知らぬ顔の
空の下
せかれてみたり
ふさぎこんだり。

（果てる在日（一））

これは女子バレーボールの日本チームで活躍した朝鮮系帰化選手のことをうたったものであるが、金さんの内面のニッポン語とチョーセン語の相剋をうたっているようにも読めるだろう。勿論、スポーツに国境やら国粋主義やら民族主義やらを持ちこんだのは、現代の悪習である。言葉だって、そうだろう。元来は、よその国や、よその民族の言葉をならい憶えることは、内面の外国旅行のように愉しいものであるはずだ。言葉をおぼえるのに魂をもとでにとられることなど、あってはたまらない。しかし現実には、言葉とは内奥にそのような血腥《ちなまぐさ》いものをひめたものなのであろうか。

あとがき

この詩集は挙げて、寺田博氏のご尽力によって世に出ているものです。市場性のない詩集を敢えて取り上げてくださった東京新聞の渡辺哲彦氏のご厚意とともに、先ずは私が表さねばならない私の感謝ですので、ここに記します。

『猪飼野詩集』は、季刊誌『三千里』に十回にわたって連載したものが大部分を占めていますが、当初は長篇詩として試みられたものでした。それが、何分とも三つきに一回ずつの連載でしたので、その都度読み切れる必要に迫られて、実質的には連作詩に成り変ったものです。とはいっても、これはこれなりに私の意図が具現したものですので、斟酌される必要は少しもありません。この形のままで評価を受くべき、私の作品です。

ここのところようやく、「在日」も日本語の領域で自からの相貌をあらわにしだしています。三世、四世と代をつないだ異国暮らしが、それでも朝鮮人としての原初さを風化されずに持ち続けているのは、粗野なまでに〝朝鮮〟そのものである在日朝鮮人の原型像が、そこここに集落を成して存在しているからです。本国でさえ癈《すた》れてしまった大時代的な生活慣習までが、そこでは今でも大事な民族遺産のように受け継がれていたりします。この頑迷さを笑うべきではありません。私のように器用なものばかりが〝日本〟を生きているのでしたら、「在日朝鮮人」は、とっくに失くなってしまっていたでしょう。それを失くさせない土着の郷土性のようなものが、在日朝鮮人の集落体であり、その集落の本源に、猪飼野は存在するのです。それだけに「猪飼野」は、開かれてない日本人にはうとましくも奇異な〃村〃でもあるものです。「猪飼野」という在日朝鮮人の代名詞のような町の名が、周辺住民の民主的な総意によって書き換えられたのは、まさしくその奇異な〃村〃性のためでした。「イカイノ」と聞くだけで、地所が、家屋が、高騰一方のこの時節に安く買いたたかれるというのです。ひいては縁談にまで支障をきたしているとかで、隣接する「中川町、桃谷〇丁目」に併呑されてしまいました。在日朝鮮人問題がどういう意味を今日もっているにせよ、七十年もの間、〃統治者〃の国の日本で培ってきた在日朝鮮人の生活史は、そのまま、日本と朝鮮のはざまで凝固した日日の重なりに他ならないものです。詩こそ人間を描くものだと信じている私にとって、これは日本語に関わるかぎりの、ゆるがせにできない私のテーマとなるものです。

この詩集自体がそうでありましたが、まったくもって思いがけなく、安岡章太郎さんの跋文まで頂くことになりました。更《あら》めて幸運を謝するものです。

一九七八年十月八日

金時鐘生

II　光州詩片

私は忘れない。
世界が忘れても
この私からは忘れさせない。

I

風

つぶらな野ねずみの眼をかすめて
磧《かわら》を風が渡る。
水辺にじしばりを這いつくばらせ
にがなのうす黄いろい花頭に波うねらせて
早い季節が栄山江*のほとりをたわんでいる。
こごめた過去の背丈よりも低く
風が　しなう影を返してこもっているのだ。
そこでは光までが吹かれてはじけ
骸でさえ翼を逆立ててばたついている。
どこからともない声を葉さきにひきつらせて
ひがないちにち　かぼそくしけずっているのも

そのあたりだ。
もはやことばがことばでないとき
そこがどこかを問うこともあるまい。
かざした手のあわいですら
風は指を染めてにじんでいる。
まこと江《かわ》が　平野をつらぬいて延びているのなら
風は空を下り立たせた嶺からのものだ。
遠く地平をふるわせて
非業の時をなぞっているのも
その風である。
ひと茎の草の葉のそよぎに
もし　たかぶる心があるのであれば
風にかすれる心の襞《ひだ》を見てとることができるだろう。
手を取り合っていてさえ
嗚咽はくぐもる風にすぎぬのだ。
弔いはまだ　今をさ中の風のなかである。

＊韓国の西南端を斜めに延びる蘆嶺山脈より発し、多島海に注ぐ川。穀倉地帯の全南平野を貫流している。

いまに遠雷がとどろき
磧を叩く雨がこよう。
もえぎを濃く　長い堤に色づかせ
荒廃をおおう新芽は
裏庭の細ったむくげにも及んでいこう。
搗《つ》きたてのよもぎが
陰膳《かげぜん》の上で匂っているころ
むせぶばかりに陽炎は磧に燃えたち
くゆる香煙となって平野を流れよう。
風は　はてしない喪の祭司である。
季節を喚び起こす風が風のなかを巻くので
吹かれているのがいつの季節かを　人は知らない。
ただ吹き抜けてゆく
うつろな隙間を感じるだけだ。
あぎとがかしぐ。
ねずみが駆ける。

競う季節にも
風は
風のはざまで音を上げている。

ほつれ

はためいている。
白地の*輓章《ばんしょう》がひと流れ
霜枯れの曇天をかきたてて鳴っている。
はたはたと身をよじらせては
中空をきりりり
しぼりあげる声もかぎりとのたうっている。
くねっては跳ね
しわってはうねって
はたいている。
打ちつけている。
いつ果てるともない悲憤のうずきを

天空にさらしてはためいている。
どれほど流される時があれば
時節は吹かれてなびいていくのか。
日ましに眼の底で
ほつれているのは記憶のふるえだ。
無数のほそげを網膜に絡ませて
毛さきが眼窩から
虚空を逆巻いて延びてゆくのだ。
究めえない距離の深さを
時が、時が、髪ふり乱してたなびいていく。
もはや視てとる何物もない眼に
誰が上げたか輓章ひとつ
はたはたと
天涯の一点をよじらせて鳴っている。

＊亡き人を悼んで、布地に弔文、詩文を書きつらねた丈ながの幟。

遠雷

その夜更けもまた
遠雷は鳴っていたのです。
聞いたというのではありません。
白く虚空を割いて墜ちていった
音を見たのです。
窓辺にはいつしか雨がたかり
はてしないつぶやきが
やはり白くもつれていました。
なぜか消えゆくものは
白い音をたてて吸い込まれるのです。
過ぎた夏が

網膜で白いように
たぶん　闇の芯で白んでいるのが
記憶なのでしょう。
音はいつもひとつの象《かたち》を刻みます。
夜更けの母は
とりわけ寡黙でした。
炒り豆をつめながら
ただ鼻だけをすすっていました。
同じく生涯を分けたはずの夜に
死を期した若者は
洗いざらした肌着を母からもらい受け
私は母から
ひとり逃げをうつ糧をもらい受けていたのでした。
あの夜更けにもまた
遠雷はひききもきらずいなびかっていたのです。
誰の胸に刻んだというのではありません。

生きながらえても
消えるものはとっくに消え去りました。
夜更けてくずれてゆく
白い街や　白いバリケードの他は
私に残る懺悔はもうないのです。
その夜更けにも
遠雷はにぶくどよめいていました。
見たのではありません。
白く放たれた閃光がつらぬく
白い心が聞いたのです。
がらんどうの広場でうずくまっている
ひとりの母の　しわぶきを聞いたのです。

まだあるとすれば

まだ生きつづけているものがあるとすれば
耐えしのいだ時代よりも
もっと無残な　砕けた記憶。
それを想い返す瞳孔かも知れない。

この霜枯れた日に
まだ死なずにいるものがあるとすれば
奪いつづけた服従よりも
もっと無念な　青白い忍従。
弾皮が錆びている野いちごの
赤い　復讐かも知れない。

まだあるとすれば
それは血ぬられた　石の沈黙。
いや石より濃い　意識のにごり。
陽だまりで溶けだしている
その貧毛な粘液かも知れぬのだ。

だからこそ
渇く。
ものの形が失われて知る
はじめての愛の象《かたち》なのだ。
まだ腐《ふ》れない髪の毛をなびかせて
だからこそ春は
私の深い眠りの底でもかげろうているのだ。

それでもまだ

つきない悔いがあるとすれば
日は変わりなく銃口の尖きで光っており
海はたわみ
雲は流れる。
あの日　噴き上がったまま
まっさおな空に埋められた
私の
けし。

火

誰ですか？
つくねんと　坐っているのは。
瞼の裏で　格子にすがっているのは誰ですか？
あの夕やみのなかを
ほの白い影が外《そ》れていったのです。
人知れぬ闇へでも分け入るように
林道の昏《くら》がりへ溶けていったままです。
あなたはライターを点けたところでしたね。
むせんだあの血のりの時ですら
口々に点っていたのはその火でしたから
山ごと暮しが散りばんだところで

灯りはただ　せり上がっただけの闇なのでしょう。
兵士にも合間はあり
無聊《ぶりょう》でなくとも火は点くのです。

それでも点るのですか？
頑健な肉体がせめぐこの国で
何を案じての陰膳《かげぜん》なのですか？
見入る壁がにじむのですか？
穴を眠りが堕ちてゆくのですか？
それともどこかの機銃が擬す
緯度の上の星のせいですか？
夜陰のはざまで婦《おんな》が涕《な》くのです。
音もなく空気の芯をふるわせてくるのです。
この無明《むみょう》の時を
それでも灯りは点るのですか？
見えはしますまい。

人間の内部で死に絶えたものは。
灯りをかきたてたところで
見えてきはしますまい。
誰ですか？
いまマッチをすった人は？
一日を発《た》たせるだけの停車場で
人待ち顔に通りを見すかしていたのは誰ですか？
くるものは来ますか？
流れる光にも見分けられる何かなのですか、それは？
あのほの白い影はまだ戻りません。
むきだしの電球の下では
影すらも息をつめていねばなりませんので
たぶんあの茂みの奥の
ひそめた灯かげでかげっているのでしょう。
間もなく歩哨《ほしょう》の替り時ですね。
どうして共同水道は

いつもこうしたたってばかりいるのですか？
せめて飛沫が
名もない石碑にしとど濡れる
そんな鬼火の
霧のしずくとはなってくれませぬか?!
燃えるともない火がただいぶっていて
屋並みはくろぐろとしずもったままです。

誰ですか？
その暗がりをにじり寄るのは？
誰かそこに
あなたはいますか？

崖

たぶんとどこおったままなのだ。
陽と海の短い落下にも
叫びはめくるめいて裏返っている。
あまりにも小刻みな震えのため
人にはただたちこむしずけさがひきつるばかりだ。
よもやひびきの飛沫が
空気の芯ではじけていようとは
思いみる誰が鼓室でのたかりを推しはかろう。
そうして堕ちているのだ。
窓の桟にうっすら時をとどめて
知覚の空洞を悲鳴のなきがらが塵と降るのだ。

いつの時にも
のどぶえで裂けた音はいち早く中空をつき抜けてしまったので
花びらだけが
無辺のしじまを舞ってゆくのだ。
たぶんそれがめまいなのだろう。
つきない執着にわないている
己れの深い奈落なのだろう。
日々はそうして
日の底をもぬけていったにちがいない。
死の他には失う何物もなかった魂たちが
自から訣別を遂げていったのも
その底だ。
おずおずと
のぞき見てはあとずさる生よ。
落ちろ！
夕映えばかりが美しいあの国にならい

風景とともにくらんで落ちろ！
朱に空を染めて
のたうつ時が果てていようとも
風景を省みる風景はないのだ。
ただとどこおった声がふるえるあたり
奈落も雲も
かげったままの
遠い崖。

Ⅱ

褪せる時のなか

そこにはいつも私がいないのである。
おっても差しつかえないほどに
ぐるりは私をくるんで平静である。
ことはきまって私のいない間の出来事としておこり
私は私であるべき時をやたらとやりすごしてばかりいるのである。
だれかがたぶらかすってことでもない。
ふっと眼をそらしたとたん
針はことりともなくずってしまうのだ。
あの伏し目がちな柱時計の
なにくわぬ刻みのなかにてである。
おかげで夜は澱んだ沼だ。

うずくまるだけが安息のような
シーラカンスのうたた寝だ。
眠りこければ時代も終ろう。
終った時代に横たわって
醒めてもいたい眠りだろう。
とり残されてか
やりすごされてか
見るともない眼がただしばたいていて
しらじらと見られているのは私なのだ。
乳白色に闇をただよわせ
いっときに時が褪せていく。
なぜかそれだけが見えるのである。
蛹《さなぎ》が見るあのうすぼけた世界のにじみである。
なんとまた私自身が殻の中だ。
あの暑い日射しの乱舞に孵《かえ》ったのは
蝶だったのか。

蛾だったのか。
おぼえてもないほど季節をくらって
はじけた夏の私がないのだ。
きまってそこにいつもいないのだ。
光州はつつじと燃えて血の雄叫《おたけ》びである。
瞼の裏ですら痴呆《ちほう》ける時は白いのである。
三六年*を重ね合わせても
まだまだやりすごされる己れの時があるのである。
遠く私のすれちがった街でだけ
時はしんしんと火をかきたてて降っているのである。

＊「大日本帝国」が朝鮮を直接統治した植民地期間の年数。

この深い空の底を

街には迷彩服があふれ
通りには人影もない。
くる日が来たのか
くる日が行ったのか
まっ赤になだれて散り敷いた
舗道の上にもくる日は来るか。
誰も見まい。
街ごと止んだ風の終りは。
青葉のままで萎えている
立木の喘ぎは聞けはしまい。
くる日は来るのか

くる日が行ったのか
絶えた叫びにはためいて
その日は風が渡ってもいるか。
固く校門は銃剣にささくれ
八重むぐらに窓はおおわれるがままだ。
終りがきたのか
始まる終りか
突き刺し裂いた肉塊の奥にも
季節はめぐって　光は射すか。

誰にも見えまい。
国ごと葬った自由だから。
なきがらが見開いた光景など
誰の眼にも映りやしまい。
くる日は来るのか
くる日に行ったのか

その日がなにかを知る日があろうか。
見はるかす視界とてない路地に
窓があいて甍《かわら》が濡れている。
街ごと浸って沈んでいるなら
どこが海で　地平がどこか。
この深い空の底を
なにが、なにが、ひそみきれないなにが
こうもしぶいてうずくのか。
にびいろの眼におそい朝をにじませて
ゆれるともなくたわんでいる
くもの巣の　赤い
花弁
一つ。

骨

日が経つ。
日日にうすれて
日がくる。
明け方か
日暮れ
パタンと板が落ち
ロープがきしんで
五月が終る。
過ぎ去るだけが歳月であるなら
君、
風だよ

風。
生きることまでが
吹かれているのだよ。
透ける日ざしの光のなかを。

日は経つ。
日日は遠のいて
その日はくる。
ふんづまりの肺気が
延びきった直腸を糞となってずり落ち
検察医はやおら絶命を告げる。
五つの青春が吊り下げられて
抗争は消える。
犯罪は残る。
揺れる。

揺れている。
ゆっくりきしんで揺れている。
奈落のくらがりをすり抜ける風に
茶褐色に腐《ふ》れていく肋《あばら》が見えている。
あおずみむくんだ光州の青春が
鉄窓越しにそれを見ている。

誰かを知るか。
忘れるはずもないのに
覚えられないものの名だ。
日が経ち
日が行って
その日がきてもうすれたままで
揺れて過ごす人生ならば
君、
風だよ

風。
死ぬことまでも
運ばれているのだよ。
振り仰げない日ざしのなかを
そう、そうとも。
光州は　さんざめく
光の
闇だ。

窓

窓が白む。
同じ時をしばたいている眼が
高い窓を見やっている。
ひとすじ
ふたすじ
底冷えたぬくもりが糸を引き
私の目礼も
しずくに溶けて断面を流れる。
あたりを気づかい
今朝もそっと　灯が入る。
窓を少しく開けて空を見上げ

消えやらぬ星をいま一度ふり仰いで
ガスをひねる。
鉄窓からは星は見えない。
立ったまま　髪を束ねている人を
星は見ない。
それでも青い炎は
いちずに時をたぎらせて
しずかな眼差しに燃えている。
気配にも振り向かない横顔へ
私もそっと細目な空間を外へ広げる。
人生のつなぎには、　交さないあいさつだってあいさつであるのだ。
素知らぬ顔の
うす明りのなかを
明けるともない早い朝が　窓の明りにもやってしばたいている。
格子の中からも
その光はにじんで見えている。

噤《つぐ》む言葉

——＊朴寛鉉《パククアンヒョン》に——

ときに　言葉は
口をつぐんで色をなすことがある。
表示が伝達を拒むためである。
拒絶の要求には言葉がないのだ。
ただ暗黙が差配し
対立が拮抗する。
言葉ははや奪われる事象からさえ遠のいていて
意味はすっかりかかえられた言葉から剥離する。
意識が眼を凝らしはじめるのは
ようやくこのときからだ。

生身を意志に代えた男が死んだ。
肉体でしかあがなえない
たったひとつの要求を生きたからだ。
死の他にはもはや失う何物もないものに
死は死を死たらしむる生きた証しのすべてだったのだ。
制圧は平穏を意味しない。
暴虐は記憶まで砕ききれない。
光州は要求であり
拒絶であり
回生である。
ひとつに合わさった複合の意味を
いかな力がひしぐというのだろう。
断つほどに
あらわになってゆくのは新たな断面だ。
あるべき生をかかげて

＊元全南大学生会長。光州「暴動」事件（一九八〇年五月）に関連したとして懲役五年の判決を受け、光州刑務所に収監されていたが、光州事件のもつ「義挙」の正当性と、軍による酸鼻をきわめた市民虐殺に抗議して四十日間にわたる死の断食闘争を決行。遂に一九八二年十月十一日の夜絶命。三十歳であった。

男は壁の中の平穏を断った。
食を断ち
脅《おど》しを断ち
不実を断って
生命を断った。
萎えて死んだ死ではなく
飢えたあぎとへ圧制の腐肉をくれてやった死だ。
死にもまた死を拒む死が歴然とあるのだ。
この夜の深さは
恥なく死んだ若者の
無念な終息を引き取った黒い帳。
しずかに窓を開け放ち
夜へそっと唇を合わせる。
国がまるごとの闇にあっては
牢獄はにじむ光の箱だ。

囚

そこは日の底。
巨大な漏斗《じょうご》が闇を注ぎこんでいるところ。
そこでは風がねじれ
夜をのたうたせては
眠りをよじらせる。
生きるほどにこわい
青い眠りをにじり寄らせる。
きまって局所肥大の夢がくるのだ。
死者たちの昏い凝視に射すくめられて
ぬめぬめしい性欲が

無惨にも石の床を匍《は》いずり廻るのだ。
格子に羽をからませたまま
壁をずり落ちてくる青い眠りよ。
深まるほどにひびを分け入り
野いばらのえがらっぽい花蕊《かしん》に酔いしれた
斑《まだ》らな破戒の赤い舌よ、
荒れはてた野の頭蓋に冬ごもり
千年を生きても一滴の血ひとつ与えはしなかった
お前、おぞましい青春の青い眠りよ。

風がからむ。
ずたずたに遠吠えを引き裂いて
　遡《さかのぼ》る私の夜をひきちぎってゆく。
名分は名分であるべきものを
風よ、錐を立てては音を上げている風よ、
閉ざしたこのうっ屈を問うな

囚われた青い
敗辱の中の。

浅い通夜

きまって背後をよぎる。
群がる瞳を掠《かす》めて
うつむきかげんに過ぎてゆく
葬列の白い影。
午後は
雑闇《ざっとう》の上に
喧騒が重なり
入り汐にあぶく
運河さながら
橋のたもとを
音もなく

白いうごめきが逆巻いてゆく。
風は
にぶい日差しに蒸れて
日差しは
死者の
閉ざした口が洩らしてくる
黄いろい臭いに染まり
辻々の露地から
散り散りにたかってくる
あの数知れない影をたわめて
ゆるやかな麻のきぬずれのように
街の背後へ
白い呪いを
くねらせる。

墓場は

街の遠鳴りがかすむ
麓の向こう。
沼底のような
しずもりに喘いで
鳥たちもすでに飛び去ってしまったところ。
日ごと
おびただしい
沈黙が吹き荒れ
墓場はいよいよ
芝目も逆さに
ささくれてゆく。
草場のかげで
それでもにじんでいる
ひとしずくの苔のしたたりのように
死者は
葬られた

われらの死者は
眼窩《がんか》にひたすら
地の水をたたえ
まどろむ間もなく
われらを気づかい
きき耳をたてる。
うとうとと
わが寝床での
浅い通夜
腰をこごめて
眠りに入る。

冥福を祈るな

非業の死がおおわれてだけあるのなら
大地はもはや祖国ではない。
茂みに迷彩服をひそませ
蛇の眼光をぎろつかせているのもまた
大地だからだ。
　抉《えぐ》られた喉は
　その下の土くれのなかでひしゃがっている。
日が過ぎても花だけがあるのなら
悼みはもはや花でしかない。
くらがりに眼を据えて
風景ともない季節を見ているのも

まだ尽きない母の思いだからだ。
　季節の変り目のその底で
　蛆《うじ》にたかられているのは裂かれた腹の嬰児の頭蓋だ。

平穏さだけが秩序であるのなら
秩序はもはや萎縮でしかない。
地ひびく無限軌道に目をそらし
見るともない町並みに影を延ばしているのも
また変らない日暮れのなかのしずけさだからだ。
　下りるとばりのその奥で
　地を這っているのは押し込まれたままの呻《うめ》きだ。

世に死は多く　生も多い。
ただ生かされてだけ　生であるなら
しいられた死もまた　生かされた生だ。
国軍によっても守られることなどない

見放された自由のなきがらなのだ。
　敵でなく、同胞であってはなおさらならない
　　他人のはずの民衆でもなく、

五月を
トマトのように熟れ圧《お》し潰された死よ。
撃ち抜かれた空よ
木木のそよぎよ。
眼をおおう死にも
光だけは透けていたのか
韓国の夏よ。
悪魔の申し子の
色めがねの息子よ。

奈落へ墜ちていった自由なら
深みは深みのままで悪寒をつのらせているがいい。

選んだ方途が維新のための暴圧であるなら
歴史は奈落へ棄てておいた方がいい。
片輪の祖国に鉄壁を張る
至上の国権が安保であるなら
萎える国土の砲塔の上で
将星は永劫輝いているがいい。

それでこそふさわしいのだ。
浮かばれぬ死は
ただようてこそおびえとなる。
落ちくぼんだ眼窩に巣食った恨み
冤鬼《えんき》となって国をあふれよ。
記憶される記憶があるかぎり
ああ記憶があるかぎり
くつがえしようのない反証は深い記憶のなかのもの。
閉じる眼のない死者の死だ。

葬るな人よ、
冥福を祈るな。

Ⅲ

そうして、今

今はいっぷくのとき。
プラカードは手ぜまな労組の
階段わきでそっくり返り
連帯委員会は
おそい昼食のあとの
コーヒーのとき。
だだっ広い岩国の原っぱでは
機影が早くも陽炎にひずみはじめ
明け方
烏山《オサン》を飛び立った米兵が
だらだらと

尿意に揺さぶられた仮眠を
置いてきた指の触感にたらしつづける。

射撃訓練を　いま終えたばかりの集団農場《キブツ》で
莞爾《かんじ》とうなじの汗をぬぐった乙女は
はみだすばかりの乳房に
やおら風を当て
砂礫のくぼみの日陰では
あどけない解放戦線の兵士がひとり
身の丈ほどの小銃に抱かれて
もともとの子どもに返っている。

そうして世界は
今が昼である。
タイの奥地の炒りつく日差しの下を
籾《もみ》まじりの黍《きび》がらが

さかんに石油かんの底ではぜ

昼まえの至近弾に
投げだされたままの飯盒《はんごう》には蝿がうなりをたててたかっている。
イランのさいはてにも
ようやく今がコーランの時なのだ。

そうして戦車も警棒も
休む時があるのである。
予定どおり合同演習を打ち上げた空挺部隊は
海峡をひとまたぎにまたいで
一部の兵を那覇《なは》に降ろさせ
しけこむには早い午後の傾きを
黒人兵は靴に艶をたててチップをはずみ
なにかと特別休暇が手もちぶさたな韓国兵は
日がないちにち

議政府《イジョンブ》の兵舎でトランジスターに倦《あ》き
手紙も書ききらず
ハーモニカを吹く。

名にしおう空挺部隊の兵士にも
取り残された時間の
韓国の日暮れは悲しいのである。
一面の菜ばたけに風が渡って
まだ灯の入らない無等山《ムドンザン》麓の傾いた家では
老婆がまさに、ネギを捥《も》ぎに腰を持ち上げたところである。
M48のまだらな巨体に
ポプラ並木は長く尾を引いて折れ曲がり
韓国ならどこも同じく
五月のいち日がコンクリート塀の中途で暮れなずむ。
今は、こともない時の光州である。

三年

忘れるには　いい年だ。
喪も明け
*喪帯《サンティ》も取れた。
事実は事実で過ぎてゆき
うすれる記憶も　頃合いだ。

三年たてば
昔がたりさ。
大統領までが
死んだりしてさ。
今を盛りのプラタナス

なんの騒ぎが騒ぎなものか。
**土壟《とろう》の上にも胞子は萌え
流れの溜りには菖蒲《しょうぶ》も伸びたろ。
花見が終れば　端午《タノ》の祭りだ。
野辺の遠出には　墓でも参ろう。

いかな辛さも
まぎれりゃあ　狎《な》れる。
華やぐ街に
群れる人。
三年そこらはまたも過ぎて
五輪景気が沸きたっている。
すべてはこうして変わるのだ。
なんべんともなく忘れていって

*まる二年の服喪期間中、遺家族の女人たちが髪につけているリボン状の、短い麻の布ぎれ。
**土をかき集めて築いた略式の粗末な墓。

愛したことさえ失くしてしまった。

なにもない空を
はばたいているのは　帰心の鳩だ。
＊省墓団《せいぼだん》は　ひきもきらず
血縁を引いて海峡を飛ぶが

降り立つ国では
一本の線香も燻《くゆ》る思想。
ゆらぐほのかな香りひとつ
やるかたない死に　こもりはしない。

どれほどの名が
生きる周りには花とあって
人はいくつを
生きて知るのか。

おぼえてなくとも
知ってはいたのだ。
時節とともに
忘れた　五月。
知っては忘れた
赤い　残照。

いい風だ。
雲が映えている。
針金すらも地肌になって
すっかり鉢の植木も落ちついてきた。
さし木せにゃあ
この梅雨は。

＊在日朝鮮人へ向けて、韓国政府が条件をつけずに勧誘している観光ツアーの墓参団。

距離

へだたりはどこからも私を遠ざけてくれる。
いつもみはるかす心よ。
佇むことがつながりのように
距離はどこへでもいざなってくれるいっこうに縮まらない関心である。
ひとつとてお前の視野に収まらない事象はなく
電線に食い入る錆びがあり
照り映える壁のくぼみの
水こけの輝きがある。
なによりもまず関わることが大事なのだとつぶやきながら
距離は海よりもなお遠い
煙る水平線へ銀鱗を躍らせ

雲を走らせる。
遊弋《ゆうよく》中のミッドウェーには
へだたっただけの距離を
距離にして遠くへ押しやり
星条旗の三つも朱に染めて燃《も》してもみせる。
私はつくづく距離を見やり
距離はいきおい私を縮めて
歩道橋の上の点景と過ぎる。

狂う寓意

ひとつの寓意を信じる。
例えば手。
なかでも右手の
人指し指。
その爪はまず
黒い鴉《からす》つめに変っている。
摘んでも摘んでも先がとがり
はげ鷹のくちばしよろしく
内らへ曲がる。
引金を引いたのは
この指である。

日に3センチは延びる。
空挺師団の各部隊では
分隊ごとに専用のグラインダーが具《そな》えつけられてあって
爪挽きを終えてからでないと
朝の点呼も終りをみない。
いや点呼は
手の調整のための軍務の始まりである。
今じゃあ空挺部隊は
鴉つめの異名をもつ。
鴉が不吉がられる
そもそものゆえんである。

ひとつの伝承を信じる。
伝承にそそられる寓意の日常を信じる。
政府は新たに「鸚鵡歌《*エンムガ》」の発禁を意図しているとのことだが
はやくも伝承は

*銅鏡の中にうつる自分の姿に、しきりと嘴で突いているうちに血まみれになって死んだという、新羅時代の古謡詩。

別の寓話を生みつつもあるのである。
韓国中の兵舎から
朝ともなれば鏡が一枚残らずひび割れるという、あの話だ。
実際のところは鏡を使わなくなって久しいのにである。
それでも鴉つめの兵士たちだけは
しょうこりもなく鏡に爪を立てるのだそうな。
なにしろみながみな
他人顔のわし鼻だそうだから、無理もない。
写しだされて初めて知る、
まあ体の変調にはよくあることだ。

この話はまとも信じられていい。
自分が自分でないのなら
見せつけられない　もひとつの顔を探すしかない。
ためには鏡も割れようというものだが
ただ割ったところで、かけらがたちまち粉をふいてくるとあっては素面もまた錆びにひずむ別の顔なのだ。
そう、鴉つめのおもむくところ
あたり一面錆びが降る。
彼らの手の触れるものすべて
あの日以来、錆びがまわって粉をふいてくる。
重機も火器も
突きとおしたあの日の銃剣ももちろん。
ために磨く。
素手はために使わない。
光州帰りは
白手袋である。
寓意を信じる。
あるべき寓意の反問を信じる。
例えば手、
例えば鏡。
自分のなかで自分が見えない

食いいる錆びの三叉路の目。
条理は条理の強権があるという
強権に狂った狂いの寓意を私は信じる。

めぐりにめぐって

たしかあのとき
君は伍長どまりだったな?!
ぼくは少尉で
木刀吊っていた。

このぼくを知らないってか?!
そんなことないだろう
同じ隊列の端しと端しにいた
あのはしこい君とぼくだ。

ハヤシといえば思いだすかい?!

オカモトミノル中尉があの方で
君はまだ兵卒のホシヤマだったんだ。
三期もへだたりゃあ　それほどの違いがあった時代さ。

星ひとつ貼るにも
年期がいったよ。
試しの期間があって
相談があって
軍曹となるのに
一年以上もかかったものだよ。

それがどうだ！
などとはぼくはいわないよ。
半としそこらで大将になっただなんて
あれは世間の　下司のかんぐりさ。

ものは考えようでね。
なにしろ一途に
四〇年かけての大将と思えや
むしろ遅すぎたぐらいの将軍様だよ。

それにしても
義理堅いね。
恩義を忘れず
遺志を継いでゆるぎがないだなんて！

見上げた志操だよ。
ぼくなんざあ　あの夏の
暑いま昼の日ざしにやられてこのかた
すっかり形無しのへんぽこちんよ！

不甲斐ないねえ。

考えてみりゃあ
友邦のきずなも仁義だもんなあ。
特にそういう国だよなあ、日本は。

めぐりにめぐって
君が維新の親株を取る。
その君が自由社会の旗手なんだから
変らなけりゃあ　ならんはずさ。

だけどやはり驚きいったよ。
今になって棒ぎれが火を噴くとは
よほどあの時代が
罪がなかったよ。

君が幼くて
ぼくが無知で

ともに八・一五を
泣きじゃくっていなければならなかった

子どもの兵隊の
そんな時代が昨日のようだよ。
国がまだ日本であったころの
あのなつかしい語り草がさ。
なあ、
大将。

心へ

それはただのはためきにすぎないだろう。
うち過ぐ時がのたうつだけの
虚空をまみれる旗でしかないだろう。
いかに時代がなびいていようとも
時代をまぎらす背信の旗
誰もお前を仰ぎ見はしないだろう。
散らしたことばのかけらの平和や
けたけたしい風圧が薙《な》いだ
草むらの和解では
ことばひとつの願いも失せよう
そらんじたことさえ唇《くち》にこごえて

いたわりすらも踏まれつづけよう。
地雷がくびる黄土の上では
睦んでいてさえ愛ではないのだ。
私が私をあふれてないかぎり
心は心を涸《か》らしてゆくだろう。
耐えたことすら呆けはてて
待つことさえも失くしてしまおう。
無心な日々の時間の中を
それでも慟哭は流れるものを
あふれていまをあふれさされば
慈悲も勇気もまみれるばかりだ。
未来よりもなお長く
今の今をしなれているだろう。
たとえそれがひとつしかない力であろうとも
それはただ時を掠めてはためいているもの。
とどめない時を泣き笑う

多くの命と同じひとときを流れているもの。
やがて消えてゆくだろう
その日も陽は窓を照らし
うすい立ち葵の花弁をゆらして
風は庭を吹きすぎているだろう。
惜しまれなければ残る何物もこの世にはないのだ。
高い壁や
鋼鉄の轍《わだち》や
銃口にささくれる街なかにあっては
惜しむ誰もお前にはないだろう。
たえ間ない時間のたえ間ない眼に射すくめられて
それはただ今をうち過ぐひとときの影だろう。

日々よ、愛うすきそこひの闇よ

まだ夢を見ようというのですか？
明日はきりもなく今日を重ねて明日なのに
明日がまだ今日でない光にあふれるとでもいうのですか？
今日を過ごしたようには新しい年に立ち入らないでください。
ただ長《た》けて老成する日日を
そうもやすやすとは受け入れないでください。
やってくるあしたが明日だとはかぎらないのです。
日日をさらして透けてしまった
すっかり忘れられる愛でもあるのです。
行った年にこそ目醒めなさい。
さかしい自足にからまれて去った

今日でない今日の昨日を見据えなさい。
それがあなたのかかえる闇です。
見据えなさい。見据えなさい。またも変る年のまえに。

そうです。年は行ってしまうものです。
待たなくともいい年を待って　とっていく年がだからあるのです。
だから年月が　経なくともいい年月のなかで　節くれるのであり
黄ばんでうすれてもささくれ一つ
過去が残す歳月はないのです。
だからおよしなさい。
待つことだけの明日であるなら　今のうちにお仕舞いなさい。
明日がそのまま今日であっては
やってくる明日が途方に暮れます。
それでも明日がすべてですか？
待つまでもない明日を待って
今日の今日を失くすのですか？

陽がかげります。
地平の彼方ははやくもあふれる朝の光です。
思いおこしなさい。思いおこしなさい。どこで燃えた一日なのかを。
たしかにありはしました。燃えた熱気にゆらめいた日が。
生きるよすがを明日に見た
今日という今日もありはしました。
記憶の外で底びかっている
遠い蜃気楼の日にありました。
すべてはやり過ごしてしまったむかし語りです。
待つことすらもこまぎれて　いつとはなしに背かれていった
日日のなかの白い時間です。
もはや誰にも交わされますまい。
関わりきれた日でもないので
うずく日など来もしますまい。
閉ざした心に刺さる朝は
来ますまい。来ますまい。

明日とはともに来ますまい。

余りにも永い時が経ち、余りにも多くを見過ごしてきたので
今日はいつも過ぎ去る日にしかありませんでした。
光景がかたどる風景のように
昼は昼の日射しの尾根を傾いていき
四季は四季の季節だけをかたどって
黄道が投げる光の影に溶け入ったのです。
思いおこす夏とてないまま　やたらとぎすぎすしい我執がはびこり
小さく俗っぽく、不信に熟れる反目の時をひきつらせました。
それで時はこわばったのです。
流れる歳月に滞って、昨日の今日をひび入らせたのです。
つないだ世代がまたも世代をつなぐというのに
この今日だけが彼らの受け取るあしたなのです。
みどり児のあどけない　朝にかけて
思い見なさい。思い見なさい。またも白む朝のまえに。

なにがあるというのですか？
今日が今日であったなんの証しが、あなたの今日にあったのですか？
返された笑みでしたか？　ねじれた嫌悪のお返しでしたか？
とって返した踵ではなく　それでも求めた手だったのですか？
出会えない仕切りの　向こうとここで
交わせる言葉のひとひらくらいは届けましたか、届きましたか。
同胞と僑胞はどの夜の、どのようなしじまで安らいだので
同じ呼び名がせめぎあう　日日のきしみはなくなりましたか？
そうも方便に在日をこなして
それでも不幸は　日本暮しが仇なのですね?!
やめにしましょう。人さまのせいで耐えるってことは。
そこひの闇をまぎれていながら　痩せた条理の鰓《えら》だけが張る
さもしい正義は棄てるとしましょう。手馴れた手順の手際のような。

すべては狎《な》れがひしいだ落とし子です。

押しやられて鬼子となった
かすれた愛のよじれなのです。
恨みすらも均らされて　願いまでがうすれてしまった
呪文のはずの年月なのです。
＊
三六年が恨みだとは　皆して言ってきた繰り言でした。
ぐちることとてもはやない、呆けた年はなんといいましょう？
当てがわれるだけが自由だった　藻抜けの殻の解放のほどは。
やはり待つべき明日なのでしょうね？
鉄窓で萎える若さがあって
火傷に爛《ただ》れる呻きがあっても
春は目出度く、年は年ごと寿ぐ朝を寄こすのでしょうね？
間もなく満ちる臨月です。
散らしてしまった三六年を　こともなげに継ぎ足すだけの。
もう戻らないでしょう。祖国が祈りだった　あのさやかなもえぎの季節は。
なにもかもが移ろうていって

思いを一つにこぞっていられた　恨みの日日さえ遠のいたのです。
どれほど待たれるあしたであろうと
変ることから変ってしまった　あしたは同じ昨日の今日でしょう。
待って失くした遠い悔いです。
振り向くほどのこともない　押しやった愛のかげりなのです。
見ることは見ました。経ることを経ずに　経るだけの日日は経てもきました。
主義はいつも民族のまえにありましたので
思想に開け渡される同族のことでは　ついぞ痛まなかった年月でした。
それがゆらぐのです。冷えた胸に緑《みどり》火《び》が青く　裂け目の奥をゆらめいてくるのです。
見つめましょう。今はしずかにそこひの闇をひたすときです。
あるいは報復されるべきものに　純一でない祖国があるのかも知れません。
見つめましょう。見つめましょう。かかえた闇のたぎる炎で。

＊かつての日本が朝鮮を直接植民地統治した年数。

〈解説〉「光州事態」と「在日」

三木　卓

「光州詩片」は、一人の在日朝鮮人の詩人が、今から三年前の一九八〇年五月、韓国全羅南道光州市で起った学生・市民への弾圧事件――「光州事態」と向きあって作った作品二十一篇を収めた詩集である。

この事件は、前年十月二十六日の朴正熙大統領暗殺事件から半年後に起った。それは全斗煥が大統領になって権力を確立するまでの過渡期ともいうべき時期のことである。一時は、学生・市民が光州全市を解放する、というところまで状況は進み、体制をこのまま維持していこうとする権力の側からみれば、不安定になっている足場をゆすぶられているという強い危機感があったに相違ない。そのあまりにも苛責ない、力による弾圧のしかたに、わたしも、新聞で読んで息をのんだが、それは、ひとつには、そのような権力の側の恐れが逆に発現した、ということだろう。

戒厳令司令部の発表――つまり政府側の発表を、今、年表から拾ってみると、この弾圧によって死者一八九人、負傷者三八〇人が出たという。これは自国民に対するその国家が加えた暴力の結果として容易ならぬ数字である。事の是非以前に、この政治は失敗だ、といわざるを得ないし、また事実は、とてもこればかりの数字ではないらしい。

政府は、してはならないことをしてしまった、とわたしはその時思った。そしてこの弾圧が国民にのこしていく傷の深さというものを思わないではすまなかった。

他国の国民であるわたしにとっても、これは辛い、暗然とした事件だったのだから、まして、韓国国民の一人一人の心のうちはいかばかりだったか、と思う。またそれを離れたところから見つづけなければならなかった共和国の国民、また、海をへだてて日本で生活している在日朝鮮人の人々は、それぞれ複雑な屈折を孕んだ辛い思いをしたことだろう。この「光州詩片」は、そのうち、在日朝鮮人の側からの心情の表明であり、わたしたちはその心に今、ここで触れることができる。

光州の学生・市民デモが大弾圧をうける一週間前、光州市がデモの最中にあった一九八〇年の五月二〇日、進行中の事態を見つめながら、金時鐘氏は「褪せる時のなか」という、詩を書いた。光州のことを「つつじと燃えて血の雄叫びである」と感じながら、しかし、そう感じている自分の位置というものを意識せざるを得なかった。この詩は、だから、次のような書き出しではじまっている。

そこにはいつも私がいないのである。
おっても差しつかえないほどに
ぐるりは私をくるんで平静である。
ことはきまって私のいない間の出来事としておこり
私は私であるべき時をやたらとやりすごしてばかりいるのである。

金時鐘氏は一九二九年、今は共和国に属する元山で生まれた。元山は父親の故郷である。母親は、この光州のある全羅道で成人した人で、かれは幼年期を朝鮮半島南端に浮ぶ島済州島ですごすが、中学生になってからは、光州市で自己形成をした。戦後、かれはあきらかにしてはいないが、おそらくは政治活動が理由で日本へ渡ってくることを余儀なくされたらしい。以来、在日朝鮮人として戦後を生きてきた。いままでの人生の半分以上を日本ですごしているということになる。

その意味においてかれは、まず在日朝鮮人であるが、しかしかれの在日は、かれが日本に来る以前からはじまっていた。十七歳で終戦をむかえたかれは、徹底した皇民化教育をうけていて、朝鮮語は、ほとんど学校教育では、学んでいない。この文章中のかれの履歴は、すべてかれの著書『クレメンタインの歌』に拠っているのだが、その中で、かれはこういっている。

ことわるまでもなく、言葉は人の意識を司るものです。人間の思惟思考は言葉によって培われていきます。失語症の人にはものごとの判断がつきません。暗闇のなかの明りのように、言葉の及ぶ範囲が光のうちです。このことをハイデッカーは「言葉は存在の住居」といったのですが、意識の存在として居坐った最初の言葉が、私には「日本語」というよその国の言葉であったのでした。つまり「日本語」は、私の意識の底辺を形づくっている私の思考の秩序でもあるのです。日本人でない朝鮮人の私がです。

（「私の出会った人々」『クレメンタインの歌』六頁）

金時鐘氏は、「在日」ということの意味をつきつめ、母国朝鮮が二つに分断されたまま時間のすぎていきつつある現在、いずれの場でもないところにいる在日朝鮮人が荷うべき積極的な役割を見つめ、その役割を推進していこうとしている詩人である。わたしはその姿勢に問題の所在を探りあてるすぐれた眼を感じ、またその姿勢に納得のいくものを感じる者であるが、その積極的な役割とは同時に特異な場にいるものの役割ということであり、また日常のなかでの意識としては、困難な場にいるものの意識の負性に、逆の側から光を照射したときにようやく生まれ出た〈役割〉ということもできるはずである。

したがって、この詩人が、論理の言葉としては、積極的役割を主張しても、詩的表現という全意識をかかわらせる領域では、その意識の負性というものもまたあらわれてくる。それは自己に対して誠実であろうとするものなら当然だろう。

「褪せる時のなか」は、その時現在進行中の光州の状況を、日本にいる在日朝鮮人の詩人が注視しながら書いた作品である。「そこにはいつも私がいないのである」という、〈いつも〉とは、朝鮮の歴史における重大なポイントとなる時点であり、その歴史に主体的に参加するときのことをかれは〈私は私であるべき時〉と考えている。しかし、そのような時にかれは出会うことができない。かれは韓国にいるわけでも共和国にいるわけでもない。祖国の歴史の推進者として直接に主体的にかかわることが出来ない〈在日〉という場にいるのである。かつては〈はじけた夏〉の私だった詩人も、今は、〈殻〉という、外側の現実にかかわり得ないところに自分が入っている、と意識している。そしてかれは日本語でこの詩を書いている。

この距離感、かかわりようのなさというべき辛く苦渋にみちた立場、それが、この「光州詩片」の立脚点となっている。たとえば、「窓」という作品を読み終ると、わたしには窓をめぐる二人の人間のイメージが浮び上る。一人は、星の見える窓を見上げている私であり、もう一人は星の見えない鉄窓の下に立っている髪を束ねた人である。その、どうやら獄中にいるらしい人は、気配にも振り向かない。そして、この詩の構造からいって、私の方は、その鉄窓の中の人に気づき、一方的にその存在を認識している。そして私は〈人生のつなぎには、交さないあいさつだってあいさつであるのだ〉と考えるのである。

あるいは「遠雷」という作品を、わたしはこう読んだ。

ここでは二つの遠雷の鳴る光州の夜更けがうたわれている。ひとつはかつてのかれの青春の記憶にある夜更けであり、若者だったかれが母親から、この土地からのがれ出るための準備のものをうけとった夜である。もうひとつは、今度の大弾圧が終り、多くの若者が殺されたあとの光州市街の夜更けのイメージである。かれはそのがらんどうの広場にうずくまって咳をしている一人の母親を感じるのである。

かれの母親は、すでに紹介したように、全羅道で成人した人だった。その人はすでにないが、詩の現在の部分の夜更けにも一人の母親をかれは知覚した。かれは、日本へ来たために父母の死をみとることが出来なかったというが、母から離別したということと、光州から離別したということは、同じ意味のつらさをもって、この詩では重ねあわされているとわたしは思った。光州の悲劇の、かれにおける痛みには、そういうことも含まれているのである。

詩集は、二つの挽歌からはじまる。「風」も「ほつれ」も、悲劇の終ったあとの世界をただ風が吹いている。前者では栄山江のかわらを風が吹きわたり、後者では弔文の書かれた幟《のぼり》がはためいている。この詩は、まず詩人の悲しみの深さと強さを伝えてくる。わたしは、まず悲しみをこの詩集から感じる。もちろん、さまざまな激情がぶつかりあっている詩集にちがいないが、わたしには、まず、悲しみの詩、起ってしまったことのとりかえしのつかなさを強く感じさせる悼む詩からこの詩集がはじまっていることが納得がいく。

しかしこの二篇の詩のなかで吹いている風は強くはげしい。それはものごとを風化していってしまったり、記憶のつらさをいやしていくような風ではない。たとえば「ほつれ」の幟は、「はたはたと身をよじらせては中空をきりりり　しぼりあげる声もかぎりとのたうっている」のであって、風は、そこに生起した無残な事態を、その荒涼たる現実のさまをより明らかにするための役割を演じている。そしてこの風は同時に詩人の胸中をかきむしっていく感情の流れの表現でもある。その感情は、序詩の「私は忘れない。世界が忘れても
この私からは忘れさせない」という決意につながっていくものだろう。

しかし、そのような詩人の決意と現実の進行はまた別である。「三年」は、そういう、忘れていくことに平気な世間というものに対する苦い感情の表明であるが、同時にそれは民族にぶちあたって来たさまざまな質の体験が歴史のなかで有効性をたもったものとして蓄積されていかず、なしくずしに風化していっている事実の苦さにもつながっていく。その苦さは、いくつかの作品のなかで表明されているが、母国でのものであると同時に、あるいはそれ以上に在日朝鮮人の自己というものに向って意識されているように、わたしには思われる。「冥福を祈るな」「日々よ、愛うすきそこひの闇よ」がそれにあたるだろう。

まだ夢を見ようというのですか？
明日はきりもなく今日を重ねて明日なのに
明日がまだ今日でない光にあふれるとでもいうのですか？
今日を過ごしたようには新しい年に立ち入らないでください。

ただ長《た》けて老成する日日を
そうもやすやすとは受け入れないでください。
やってくるあしたが明日だとはかぎらないのです。
日日をさらして透けてしまった
すっかり忘れられる愛でもあるのです。

（「日々よ、愛うすきそこひの闇よ」の冒頭）

まともな今日という現実の把握の連続があってはじめて未来という結果がひとつ生まれる。ただ惰性で生きていて未来があるかと詩人は問うている。かれは、「やりすごす」という表現を独自ないいまわしとしてしばしば使うが、それは本来、体験を生かして未来のものにしていく契機はあったにもかかわらず、それを見送ってしまった、ということに批判をこめてのもののように思われる。

たしかにありはしました。燃えた熱気にゆらめいた日が。
生きるよすがを明日に見た
今日という今日もありはしました。
記憶の外で底びかっている
遠い蜃気楼の日にありました。
すべてはやりすごしてしまったむかし語りです。

待つことすらもこまぎれて　いつとはなしに背かれていった
日日のなかの白い時間です。

（「日々よ、……」の中間部）

そしてその絶望感は、在日朝鮮人としての現実に向けられるとき、さらに苦いものとなる。わたしは、批判者自身をも含めた在日朝鮮人に対して、この詩で語られているようなきびしい批判を活字で読んだという記憶は、あるひとつの短文をのぞいて読んだおぼえがない。それはもう十年ぐらい前のことで、ある雑誌の匿名原稿であったが、われわれ在日朝鮮人は、もういつまでも日帝三十六年の支配というようなことをいっているのは止めにしたらどうか、そういうものによりかかって事足れりとしていては未来はない、というようなものであったと記憶する。わたしはそれを読んだとき、とうとうこういうことをいう在日朝鮮人があらわれたのか、と強い印象をおぼえたが、もしかすると、あのコラム原稿もまた金時鐘氏だったかもしれない。

光州の悲劇は忘れられていって、つまるところ韓国民衆にとっての歴史的体験になっていかない。政治にも積極的な未来へ向うファクターを見出せないままにペンを置いている、といっていいだろう。

変化はない。歴史の主体となって推しすすめていくものの風化。そして金時鐘氏は〈在日〉の側の現実から『クレメンタインの歌』の中に、わたしの忘れ難い挿話がひとつある。それは、首輪代りの紐で首をくくられた小犬を見たあと、その犬がもし大きくなるにつれてあの紐が首にくいこんでいくようなことがあったらどうしよう、と、家へかえってからそれが気になってたまらなかった、という彼の少年時代の思い出である。金少年の友人は、その話を聞いたとき「おまえの詩はそれなんだ」と叫んだというが、わたしもその友人と同じように思った。それは他者の気持に同化し共感し得る金氏の力のあらわれである。わたしたちは他者の痛みを十分理解し感じることは出来ない。しかし、すぐれた詩人は、文学者は、それにより近づくことが出来るはずである。

光州の悲惨も韓国の民衆や在日朝鮮人のむかえている現実も圧倒的な容量のある現実だから、小犬の運命に感情移入するのとはわけがちがい、詩人はたちまち身も心もずたずたにならざるを得ないだろう。金時鐘氏の「光州詩片」には、かなり難解な部分があり、わたしには読みきれぬものもあったし、また読み誤ったところのあることをおそれもするが、しかしその難解さのなかから意味を超えてせまってくる感触というものもあったことを書きとめておかなければならない。それはやはり詩人がひたすらこのつらい現実に入りこもうとし、どこに何があるかをじかに知ろうとした結果の、ひとつのあらわれであると思う。そして、この詩人は安易な希望を抱かないし抱くまいとしてペンを置いているが、その作業の過程は、やはり希望を求める過程でもあった、ということもできるだろう。そしてこの詩人の精神の営為それ自体がすでにひとつの希望であり、読者の一人となったわたしはそれを今感じているところなのである。

あとがき

このうすっぺらい詩集にも、三年が流れた。三年もの歳月をかけたというのではない。余りの光景に口ごもってしまった、おどおどしい私のことばの、貧しい三年をいっているのだ。ことばは力のまえで無力なだけではなく、圧倒する事実もまた、ことばを押し込めては立ちすくませる。ことばには、対象をつき放していられるだけの平静な空間が必要のようだが、三年が経ってなお、私の心情はあらいだままだ。あのおぞましい「光州事態」はいっこうに静まることなく、今もって私の思念の奥底でくすぶりつづけているのである。熱い記憶にはことばは倚りかかれないものであることを、ねじれる痛覚のように思い知った。

圧制に抗して、都市ごと圧しひしがれたおびただしい死者たち。生涯不具をかこつであろう何千もの負傷者や、あの血の海で生き残った人たちのうちの、一万とも二万とも伝えられる、牢獄につながれた人々の陰にこもった呻き声。思うほどにことばは口ごもってゆくが、それでも私のことばは、日本という安穏な地帯でことばそのものにこと欠きはしないのだ。有って無い私のことばに、私は私に課して服喪した。圧殺された「自由光州」は、ほそぼそとでも吐きつづけねばならない、在日する私のせめてもの呪文であった。

光州市は人口八十万を擁する韓国第五の有数の学園都市である。湖南平野の南西部に位置し、李朝末期の一世を震撼させた一大農民蜂起のあの「東学の乱」や、植民地下の一九二九年十一月、反日の機運を朝鮮全域に燃え広がせた「光州学生事件」などに見るように、古くから反骨の気風の強い地方として知られる全羅道の、南道を司る道庁所在地である。鉄をもひしぐ維新軍権体制のなかで、旬日というつかの間のものではあったにせよ「自由光州」を民衆の手で実現しえたのは、この烈烈とした反骨の命脈が今に息づいてのことだといってよいだろう。

韓国にもようやく政治の和みがくるかに見えた〝しばしの春〟があった。十八年もの長い間、軍事独裁による「維新体制」をほしいままにした朴正熙大統領が、高まる民衆の民主化要求に惧れをなした腹心によって射殺されたあとの、新しい政治体制が敷かれると喧伝されていた数ヵ月のことだ。いわゆる「光州事態」はこのさ中の一九八〇年五月十八日に噴出した。維新体制継承を叫ぶ陸軍保安司令部司令官全斗煥少将は、この日の未明、遂に全土非常戒厳令を布告し、即刻国会を閉鎖させたばかりか、時を移さず民主化運動指導者の容赦ない逮捕を開始した。大統領死去後の新しい事態に逆行するこのような非常戒厳令の撤廃を求めて、光州市民は都市ごと胸をはだけて立ちはだかったのだ。自由への、それこそ無残なまでも美しい散華であった。

全斗煥司令官は、朴正熙大統領さえ認めたことのない民衆への発砲、無差別攻撃を命じ、そのもっとも有効な手段として、外敵との戦争用に特訓された空挺部隊＝特戦団を使用した。この特戦空挺団は、比類ない〝勇猛〟さでその名を馳せたベトナム派遣軍白馬部隊の申し子たちであり、全斗煥司令官は直属の長の、第一空輸特戦旅団長（空挺団大佐）であったことからして、いわば手兵のような、もっとも忠実な精鋭軍を振り向けたのだ。非情にも自国民に対して、国軍の精鋭が内戦を挑んだのである。

かくして五月二十七日未明、道庁を死守する市民合同武装部隊の壮絶な抵抗が一万七千名からなる戒厳軍との三時間に及ぶ決戦で終息するまで、吹きすさぶ軍事強権の嵐の中で光州はただひとつの民衆の手の中にあった小箱のような「自由都市」であった。この間、光州「暴動」を背後から操縦してきたとして金大中氏が再逮捕され、ウィッカム将軍指揮下の軍使用まで許可されていたばかりか、空母コーラル・シー、ミッドウェーが急拠回航してくるという、異常なまでの極東緊張がかもしだされていた。このような緊張のただ中で、分断された弱小民族の同族相食む惨劇は血しぶいていたのだ。

おりしもニュースは、ベニグノ・アキノ氏の血も凍るような白昼の惨死を伝えてきている。軍兵に両腕をかかえられたまま射ち殺された、謀殺まがいの死だったようである。戦慄の極みというほかない。民主主義が、「自由主義」を堅持するという反共体制の強権によって圧殺されている事実は、自明なまでに韓国の事態と符合する。なぜかくも、「自由」は犠牲を必要とするのか?! 圧制の強権に都市ごと「否!」といった韓国最初の都市、光州。ますます私のことばは萎縮するばかりである。同族が同族をおとしめない、殺さない、自由が自由をしめつけず、民主主義が民主主義を破壊しない、そんな日がそのようなことばで皆のものとなる、私のことばの私の詩はいつか。

この拙い詩集のため、貴重な時間を割いてまで「解説」を書いてくださっている三木卓さんとは、まだ一面識もない。しかし氏に対する私の尊敬は以前からのものであった。氏の好意を「光州」に寄せてくださる厚意として、甘えることにした。福武書店、とりわけ詩集発刊を奨めてくださった寺田博氏、渡辺哲彦氏、並びに装幀をくださっている田村義也氏にも、同じ思いで甘えている。

なおこの詩集に収められている作品の多くは、『使者』、『海燕』、『世界』、『日本読書新聞』等にすでに発表してきたものである。取り上げてくださった各誌紙にも、更めて思いのほどを深くしている。

一九八三年晩夏

III

〈対談〉戦後文学と在日文学

鶴見俊輔
金時鐘

I 「抒情が批評である」

辻井喬の金時鐘論

編集部　本日はお忙しいところを本当にありがとうございます。金時鐘さんの『猪飼野詩集』と『光州詩片』という二、三十年前の作品ですが、いま手に入らない状況になりまして、読者として読むことができない。そういう状況がございまして、何とかこれを、ぜひいま陽の目を見させたいという思いがございます。それで鶴見俊輔さんと金時鐘さんで、いま考えておられることを忌憚なく語り合っていただきたいということで、きょう対談を実現させていただきました。鶴見さん、金さんは、いつ、どういう形で出会われたんですか。

鶴見　いつごろから知っているのかな。

金　直接お目にかかれたのは、一九七四年ごろだったと思います。楽友会館で、上田正昭先生らと「接点の会」という勉強会をやるときに、先生にたまたまお目にかかるようになりました。

鶴見　辻井喬の文章で「鏡としての金時鐘」(『現代詩手帖』二〇〇三年六月号、本書二六九頁参照)、これにとても感心したんですね。金時鐘の作品は、日本の一人の詩人が全力を挙げて論を展開した例がないというんです。金時鐘の作品は我が国の近代、現代とその中に自足している詩の世界を告発していることは明らかだから、これにとり組んだ一冊の本がないということは日本の近代、現代詩そのものの欠落を示している、と。すごいことを言うなと思って、感心したんです。辻井喬自身がいろいろなことの中できわめて孤独に、ずっと考えてきたという、やはり日本の社会の中にある一つの孤独が、日本の社会にあるもう一つの孤独を認めさせたという感じがしますね。私には、辻井喬の位置を考え、彼がその位置によって金時鐘の位置をよく見定めたという、このエッセイは大変おもしろいものに思えたんです。孤独が孤独を知るということですね。それだけの位置を占めているということは、私にも共感できるものなんです。辻井喬がよくそういうことを見定めたということで、彼の実力を感じます。

ことにいろいろなことの真ん中から抜け出して……彼が抜け出してから西武のカタストロフィが起こってくるわけで、あれは、彼の『父の肖像』というのが出るのが三カ月遅れて、カタストロフィが起こってからだったら、週刊誌のスキャンダル・ジャーナリズムと似たものとして受けとられた。彼はよく見定めていて父の伝記を書き上げて、その中で自分の異母弟の位置もしっかり書き出しているでしょう。それを追いかけて、スキャンダルが起こっていますよね。あれはよかったと思います。遅れたら、困った役をになう。大体ジャーナリストは、残念ながらいつも遅れている。遅れないジャーナリストは、天下に少ないと思います。いれば、それは予言者ですよ。カッサンドラみたいに殺されてしまうわけで。そういう意味では、『父の肖像』というのは一種の予言の書ですね。おもしろい本です。

だから、辻井喬が見る力を持っているというのはおもしろいんですよ。辻井喬は、堤康次郎の異腹の息子でしょう。東大を出て、それで、東大の学生運動にいるわけで。

金　一時、共産党に入ったこともありますし。

鶴見　マルクス主義でしょう。そのときに彼が書いているのは、母親の遺品を整理していたら、母親の遺品の中に父親に対する絶縁状が二つ出てきたんだってね。おやじとはもう終わりという手紙をきちんと書いて、それは母親のところにとどめられていた。

彼はやがて学生運動から離れていって、今度はおやじの秘書になってものを見るようになる。それで弟というのはとんでもない人間であることを見る。おやじにくっついている連中がどういう人かわかってくるわけで、そういうところで非常に孤独なんですね。こうして彼の孤独が深まっていく中から、在日朝鮮人の中で、孤独の中でずっと自分の道を歩いていった人を見ている。

フランスで評価されたポー

鶴見　エドガー・アラン・ポーという人物は、飲んだくれで早く死んでしまうし、アメリカの中でそんなに広く認められていた作家ではないんですよ。ことに、英国ではあまり認められなかった。なぜかというと、韻を踏み過ぎるんです。韻を踏み過ぎると、いやしい感じになる。我々の仲間でも、ものすごくダジャレを言う人がいるでしょう。ひっきりなしに。そういう人は、あまり重んじられないですよ。たまにぽつんとダジャレを言うのはきくけれども、一分間に五つも六つも言う人がいるんですよ。これは、何となく重んじられないんですね。エドガー・アラン・ポーは、そうなんですよ。ライミングがものすごいんです。これはいやしい。

私はポーをずっと好きだったんです。佐藤春夫に『田園の憂鬱』というのがあって、『都会の憂鬱』というのがそれに続いていて、ちょうど私が小学校以後放り出されていたときに愛読したんですが、その序詞にポーが引いてあるんです。著者の、佐藤春夫の訳でね。どういうところが引いてあるかというと "I dwelt alone/In a world of moan, / And my soul was a stagnant tide," これに佐藤春夫の訳がついている。「私は、呻吟の世界で／ひとりで住んでいた。／私の霊は澱み腐れた潮であった」。ここから『田園の憂鬱』が始まるんです。

それは私が十四歳のときで、その次に十七歳、大学一年のときに「文学におけるいやしさ（vulgarity in literature）」というエッセイを読んだ。それは今から五十年も前に新進のオールダス・ハックスリーによって書かれたものです。オールダス・ハックスリーはこれをいやしいというんだね。一行に幾つも韻を踏んでいる。だから、英語で育った人間には読むに耐えないわけよ。キーツとか、そういうのと格が違う。

ところが、文学史的にはポーを認めるのはフランスから始まったんですね、ボードレールから。ボードレールは、英語がよくわからないでしょう。だから、いやしいと思わないんだ、ポーの詩を読んでね。「アナベル・リー」というのは、表題の中に二つ韻を踏んでいるじゃないの。「ユーラリウム」とかね。これも英語で育った人間にとっては読むに耐えないんですよ。ところが、ボードレールにとってはおもしろいんですね。それでボードレールの後、ヴァレリーにとってもおもしろいんです。ボードレールとヴァレリーというのは、フランスの詩で言えば本当にトップのトップの人でしょう。ボードレールも飲んだくれなんだけれども、死後三十年たって認められて、評価は動くことないですね。ボードレールもヴァレリーも、位置の定まったフランスの詩人です。この二人が、ポーをいいと思ったんですよ。そのあとで、若いオールダス・ハックスリーがそんなことを書いたっていうこと。アメリカ人にとってボードレールとヴァレリーというのは評価が高いですからね、逆輸入されてくるんです。

金　つまり、フランスで評価されたポーの評価が、アメリカに逆輸入されるわけですか。

鶴見　別の国の、別の言語の人がその人の位置をしっかりと認めて、そこから入ってくるということは、世界の文学の中で、ときどきあることです。

「抒情が批評である」――小野十三郎と金時鐘

鶴見　この問題は、金時鐘さんと小野十三郎《とおざぶろう》との関係と似ています。

小野十三郎の位置というのは、大阪では別ですが――例えば若き富岡多恵子なんて、小野十三郎によって出てきた人ですね、何人もの人が出てきて、一人の親方であることは確かです――、日本全体を見るときに、あるいはこの百五十年を見るときに、決して小野十三郎というのは詩としても詩論としても高い位置を持っている人ではない。しかし金時鐘さんにとってはものすごく重大な、この人以外にない。

金　そうです。

鶴見　韓国人の詩論を含めて、世界の詩論の中でこれだけという人なんですね。金さんの全仕事が小野十三郎の詩および詩論というものを押し出してくる。大変な役割を持っています。

それを考えると、私はポーとボードレール、ヴァレリーとポーという関係にきわめて似たものがここにあるなという感じがするんですね。

金さんの『「在日」のはざまで』という本に書いてあるんですけれども、大阪の古本屋「天牛《てんぎゅう》」で手に入れて、小野十三郎の詩論を読むんですね。「この小野『詩論』の中には、私をつくりあげ、親と子の間をうとましくさせた〝日本語〟とは確実に違う、叡知の日本語が打ち込まれてあります」（『「在日」のはざまで』平凡社ライブラリー、五八頁）と。これは自分の親と子の関係を新しくするだけでなくて、やむを得ず住んでいるこの日本と自分との関係、その出会いの意味を新しくさせて、日本の中の朝鮮を形づくっている「猪飼野」の意味を新しくさせる働きをした。そういう働きを、金さん個人の全詩評の中でほかに果たした人はいないんですね。これはやはりほかの日本の詩人を考えてみてもこれだけ言われている例がないし、小野十三郎の復権というものに結びついていく議論だと思うんです。

「抒情が批評である」――小野十三郎の中にある本当にめずらしいもので、彼が戦争中に働いていた工場と離れてしまって、大阪の葦の野原を見る、あのあたりは本当におもしろいんです。「抒情が批評である」。何かの美しい風景があってそれを美しく読むのが詩であるというのを、引っくり返してしまうんですね。抒情が批評であるというのが、本当に転倒させるだけの力を持っていた一つの視点なんですね。それが小野十三郎においてどういうふうに形成されるかは別の問題ですが、彼の場合はアナーキズム系の詩人としてずっと来て、戦争中に非常に困った状況に来たときに「富士山」という詩を書くでしょう。「はげしく水墨に抗して、噴煙を吐かず」、あの二行はものすごいものですよ。あれが転倒の抒情そのものなので。これが当時の日本全体をひたしている詩に対する逆転の感情そのものですね。富士山というと雲がこうあって靄がかかっているんですが、あれを全部やめ。状況をおそらく見ていたんでしょう。雲がない、空をバックにした富士山そのものがしっかりしたシルエットで出ているのを見て、自分が言葉を使うときにイカが墨を吐くようにごまかさない、はっきり一つの線を引く。それだけという。本当に日本の戦時の詩歌を転倒させるだけの力を持っている一つの感情がそこに芽生えていて、感情そのものが批評であるようなもの。

感情そのものが批評であるような一点に立たなくて、どうしてこの国全体を動かしている思想に対抗することができるのか。マルクスが『資本論』でこう言っていたからというふうでは……。

金　ないですね。

鶴見　対抗できるわけないじゃないの、そんなの。ドイツ語でKapitalというのを資本というなんて、そんなこと力にも何もならないじゃないの。ただ、全国のシンボルである富士山を見て、この富士山は何も衣もまとっていない。雲もまとっていない、はっきりそこに一つの溶岩の塊としてあって、突っ立っているんだ。それをまっすぐに見たらどうなんだ。やはりこれは感情ですよね。そこから全部を転倒させるという。すごいね。だから小野十三郎を見ると、抒情が批評である。

日本文学の中で独特な位置を持つ金時鐘

鶴見　苦しいところに押し込まれた金時鐘という詩人もまた、そこで自分の持っている、沸いてきたある抒情が、転倒のもと、ずっとある頑丈な対抗できる力――やはりそこですね。すごいなと思います。そこまで考えて、続けてそこからくみとっていくというのがすごいので、数ある日本の詩人の中でだれもそのことを成し遂げていないし、数ある世界の詩人と数ある詩論の中で金時鐘さんがそのように小野十三郎の詩と詩論を見たということは、大変なことだと思います。全くかけがえがないんですね。

反戦の拠点の一つになっている『きけ、わだつみの声』にしてもこうではない、型どおりの抒情に屈してしまっているというのは、どうも……。抒情が批評であるようなところまで行っているものは……〔金時鐘『「在日」のはざまで』六一―六二頁参照〕。

金　時勢があったにせよ、わかる形で残しているんですよ。

鶴見　ええ、やはりそれははっきりここで打っている。つまりただ一人そこで立つことを全く恐れないという。やはりすごいな、これは。
そして日本の自然主義の伝統を、石川啄木以来の長い、長い歴史の中である自然主義に対して、はっきりとそれと対していくという、自分の日本語の中での位置を見きわめている。日本の詩は、自然主義というのはフランスのゾラの自然主義からインスピレーションを受けていながら、ゆがめていくという問題は、非常に早く柳田国男が自然主義批評を出すんですが、それもあり、また非常に早く死んでしまった石川啄木にもはっきり実作によって日本の自然主義と対立するということはありますけれども、しかしここでは非常に遅れて、自然主義そのものの残りがずっとあって『きけ、わだつみの声』にさえ残っているものに対して、巻き込まれないという別のポジションを、日本の中の左翼的な流れの中で金時鐘が示しているという、そこですね。

金さんは、日本文学、日本語で書かれた文学の中で独特の位置をそこで持っている。それを、全く違う大学生の運動、東大生の運動から、マルクス主義の運動から、今度は父の秘書としての経済活動があり、自分で一つの経済活動を主宰した、そしてそれから離脱した辻井喬がそれを見ぬく目を持っていたというのは、私はびっくりしますね。

金　ありがとうございます。三十年も、二十年も前の古い詩集のことで鶴見先生とじかにお話ができること、恐れるように恐縮していますし感動しています。

ポーの評価がフランスで確かなものになって、それがアメリカに逆輸入されてアメリカで作家としての地位を確立したと先生がおっしゃったことが、自分の日本語の問題とちょっと重なるところかなと思ったりします。先生がおっしゃったように、ポーはイギリス系アメリカ人でしたので英語はまあ母国語並みの言語だったのでしょうけど、それでも新天地のアメリカの英語とは異質のもともとの言葉、つまりアメリカ人としては古い英語の所有者だったんだと思います。それだけに飾りたい欲望が働いて、つまりご自分の英語の正統性をにじませたくて、やたらとライミングをひびかせたのではないでしょうか。ボードレールには英語は外国語でしたから、英語の質はなおのこと見分けられなかったのかもしれません。それよりもポーの作品のもつ奇抜さとでもいいましょうか、通常のイマジネーションでは描きだせない内容の転回に着目して評価していたのでしょうね。そのことが目新しい衝撃ともなってアメリカでの再評価につながったのだと、僕も思います。僕が日本で再評価を受けているわけではございませんが、先生のおっしゃっていることは、そういう角度で深く見てくださっているんだなと気を強くしているところです。

Ⅱ　言葉は移民によってもたらされる

朝鮮戦争期の猪飼野

金　僕が日本に来たことは、やむを得ないことがあって宝くじに当たるような確率で来たんですが、恨みがましい日本でありながら、日本に来て小野十三郎の詩論に出会ったことで、自分の詩というものをまるっきり引っくり返した形で詩を考えられたことが非常に幸いでした。これはうちの国の場合、特に韓国が顕著ですが、詩の評価、いい詩というのは、抒情的だという褒め言葉になります。とても抒情的だというんですね。小野さんが「抒情は批評だ」とおっしゃったんですが、どういうのが抒情なのかに関する考察は、韓国にも随分優れた現代詩人たちがいらっしゃいますけど、一般的な意味では抒情に対する考察がとりたててないんですね。つまり情感と抒情とは全く同次元で同一のものなんです。詩は情感が絆《ほだ》すものだと、不文律の定義のように思われている。抒情が批評だというのは、あらゆることから批評を取り払ってしまうのが主情的な情感ですので、その批評をもたない抒情こそ批評の対象であらねばならない、ということを小野先生はおっしゃったと僕は受けとっております。

抒情詩というのは、自然礼賛を基底に据えている心的秩序です。自然を大事にするとか、愛《め》でるということがそのまま自分の心情の豊かさだとか、美しい心を持っているというふうに思いこんでいる。すなわち自己の心情の投影がその人たちの〝自然〟なわけです。自然とは賛美の対象ではなくてそこで生きることを意味するものだと僕は思っています。自然が美しく、優しく情感的なものであるというのだったら、豪雪地帯に生きている人たちの雪はものすごく困難をきわめるものでありましょうし、一年の半分を氷に閉ざされて生活しているイヌイットの人たちにとっては、自然はないも当然ですね。

僕は日本に来てずっと、大阪生野区の同胞が集落を成している猪飼野周辺で生きてきました。うちの同胞というのはどこかあっけらかんとしていて、苦労を苦労と思わないところがあります。食うものさえあればいいんだとばかりに、誰彼なしに振舞っている人たちでもあります。会えば「ごはん食べたか？」と聞く。それが日常のあいさつともなっている。特に僕みたいに日本に来てすぐ組織の活動家になりますと、より頻繁に言われたものです。「御飯食べたか、食べていけ」と。本当にありがたいあいさつだったし、身にしみる施しだった。いつもひもじい僕でしたから。

そういう猪飼野の同胞の中におることで僕は活動ができたわけですが、その中でも同胞間の軋轢、相克というのはもう尋常なものではなかったですね。それを一番決定的にさせたのは、朝鮮戦争でした。朝鮮戦争期、猪飼野というところに平野運河というものがあって、あのへりに戦前からろくろ工場とか、零細な金属工場がずっと軒を連ねているんですよ。そのろくろ工場はずっと小松製作所あたりから下りてくる親子爆弾の信管のピンやねじを、下請けの下請けで切っていた。朝鮮戦争期、運河に戦前から投げ込まれてあった鉄片をどぶ川に胸まで浸かってすくって……朝鮮戦争期は鉄偏景気といわれまして、それが軍需産業に買いとられていって殺傷兵器に変わっていく。朝鮮戦争というのは実質的にはアメリカと北朝鮮の戦争で、日本を足場にして朝鮮戦争が戦われたわけですね。ベトナム戦争の何倍もの被害が在日同胞の手も加わって引き起こされたのです。

当時の在日朝鮮人運動の組織活動というのは、兵器製造にかかわって同胞を殺すことに手を貸すような仕事をやめさせることも、大きな任務だったわけですね。僕は文化関係の、関西地区の責任者的な仕事をやっておりましたが、同胞たちにそういう兵器産業、爆弾、ねじピンを切っている同胞たちの仕事をやめさせる、説得する役割を担わされていました。工場といっても長屋の下を打ち抜いて、枠を組んでベルトを半馬力……一馬力の半分の馬力でベルトを回してまして、そこにろくろ、といってもご存じないでしょうが、前近代的な小さい心棒を輪っかで締めまして、これをバイトで切ってねじにするんですが、そういう零細な工場に説得に入るわけです。東大阪界隈の同胞の多くがそのような仕事にかかわっていましたが、やめるわけにいかないわけですね。かろうじてそれが食い扶持だったわけですからね。何度かの説得に行きづまったら、僕は表へ出て首を振ります。その工場は即座に壊滅するんですよ。祖国防衛隊の青年たちによってものの四、五分で。表に待たせておいた三輪トラックで、工場の枠組みにロープをかけて走ったら工場などひとたまりもなくこわれてしまう。

あれからもう六十年近くがたちますけれども、忘れられないのは同族の運動体に工場をつぶされた工場主や年寄りたちが、路地にへたりこんで「朝鮮やめやあ」と叫んでいるんですね。僕は、日本に来て、身寄りひとりいない者が同胞の集落に居ついて、同胞たちによって飯を食わしてもらっていながら、食わしてもらっている同胞たちの仕事をつぶすための仕事をやっていたわけです。朝鮮戦争は在日同胞にとっても、同族間の反目を決定的に深めた戦争でもありました。零細な家内工業が兵器産業の末端でかかわっているといったところで、仕事そのものとしてはピンを切ったりねじを切ったりしていることなので、それが殺傷兵器の部品だという実感がないんですよ。信管のねじといっても、ほんの細いピンですからね。それが僕たちの目のつかんところで集められて組み立てられて、親子爆弾みたいな殺傷兵器になっていくわけですね。その同胞たちに飯を食わしてもらっていながら、食わしてくれている人たちの仕事をつぶさなければならない活動を朝鮮戦争期の在日朝鮮人運動としてやっていた。

その中で、とくと、民族とか民族心とか、愛国心とか、組織運動とかということが単一に明文化されるものではないということをいたく知ったわけですね。日本からジェット戦闘機一機飛びたちますと、何百名の同胞がやられますからね。ナパーム弾……爆弾で一番廉価にできるのがナパーム弾、樹脂爆弾だそうですけれども、それも日本でつくられたんですね。ドラム缶みたいなやつを落とされる。親子爆弾も日本で組み立てられたもので、それが今のアフガンとかイラクでもクラスター爆弾に改良されて使われているわけですけれども。つまり国を思う心にも、国のために動くことにも、同族のための仕事をするにも、明文化されることでないものの方がむしろ多いということをいたく知ったわけですよ。

ですから抒情という心情作用についても、詩の情感的効用の面からのみ論じることはできない。同じ組織活動をする人たちの中でも、先輩格の人が多かったんですが、それは『マル・エン全集』をみんな持っておったり、口を開けば唯物弁証法についてとうとうと引用ができるような人たちがいっぱいおりましたが、組織活動家としては目を見張るばかりの人たちなのに、実生活となると李朝残影もいいところなんです。父権主義そのまま、家に帰りましたらね。または活動の合間に食事でもしたり飲んだら、歌を……うちの同胞はみんな歌が好きなんですが、歌うとなったらみんな植民統治下で歌われた亡国の纏綿《てんめん》とした感傷の流行歌なんですよね、朝鮮語で歌われるところがミソではあるのですが。それを思い入れたっぷり歌うんですよ。表では革命歌を歌いながら、自分たちで集まったら纏綿と、植民統治下で歌われた亡国のもの寂しげな流行歌を歌うんですよね。だから知識はいくら得ても、その知識を浸している羊水のような感性、その感性を機能させている抒情は、容易には変わるものでないということ。これまた同族間の生活の実情を通してわかったわけです。

親しい関係と思われるものにむしろ切れねばならないものがあり、関係ないと思われているものにむしろ関係をつくらねばならないものがあるんだということも小野さんの詩論から知りまして、いかに先進的な、革命的なことを言っても、心情の質は旧態依然で、意識の底辺は滞ったままだと。つまり僕たちは親しいと思われているものにこそ、むしろ切れていなければならないことがあるんだと、それが自分の抒情の変革なのだと考えるようになりました。

「切れてつながる」

金　僕は一九五九年から執筆停止をくらいまして、一切の表現行為から丸十年余り逼塞しました。一九七〇年になって、十年余りも原稿のまま置いてあった長編詩『新潟』を所属機関に計らずに出版することで組織の規制の一切をかなぐり捨てて朝鮮総連を離れました。鶴見先生からお褒めにあずかった『猪飼野詩集』も総連から離れることで——それはそのまま北共和国からも隔たっていくことを意味しますが——、編むことができた詩集です。それ以後書いたものを集成詩集という形で出してくれる出版社がありまして、八六年に『原野の詩』という一冊の本になりましたが、それが随分高い本でして六五〇〇円です。その本が出たとき、在日同胞組織の常任活動をしていたときからお世話になっている生野のオッチャンや、兄貴格の人たち、今でも会ったら「飯食ったか」とお定まりのあいさつをくれる人たちがまだおりまして、あの人たちには五十年も前の僕が今もそのままの記憶で残っているんですよね。その人たちが、二百部まとめて買ってくれたんですよ。六五〇〇円のあの詩集をです。

買い取りの世話役をしてくれた協同組合の理事長が「おまえ一遍来いや。みんなでおまえの祝いをすると言っているから」と言われて、大きな会場でお祝いしていただきましてね。それでみんなが「難しゅうてワシらにはさっぱりわからん。わかるのは後ろの年譜ぐらいや。おまえのことやからええこと書いているやろとはみんな思っとるんやが、も少しワシらにもわかるもん書いてくれや！」と言っては笑い合っていました。そのときも御多分にもれず歌が出たりするんですね。日帝下ではやった歌、早くから感情移入して歌ってきた歌ですね、一人が歌い出すと合唱になったりするんですよ。歌い終わって、感じ入ったように「ええ文句や。おまえもこんなの書いてくれや」と注文する。「涙に潤んだ豆満江」とか、植民地時代、それこそ目もうるまんばかりに唄われたオッチャンたちの、青春時代の歌なんですよね。

僕は「何とか努力します」と笑い返しますけど、内心ではこのオッチャンたちの希望に沿うことはまずあり得ない。僕はこの老い先短いオッチャンたちのやるかたない情感的な要求にむしろ心して隔たっていなくてはならない。このオッチャンたちが買ってくれた詩集が子供の子供にまで引き継がれたとき、きっとオジイチャンたちのあの纏綿とした悲愁の情感とはまた別の、乾いた悲愁に行き当たってくれるかもしれない。その可能性を信じるのです。オッチャンたちの期待からはそうして切れてつながっているのだ、と僕はずっと思っている。物ごとが改まっていくためには、そうです。最も近しい関係であるほど切れていなければならないものがあるのです。それを見定めるのが僕の詩でもあります。

だから僕は日本に来て小野詩論に出会って、小野先生の詩業を介してわかってきたのは、やはり「切れてつながる」ということの方法的力学とでも言いましょうか。つまり情感的にだけはつながらない、という自己規制です。そのせいでもありましょうか。先生のおっしゃった話を聞きながら、「孤独は孤独を知る」といって辻井さんの論考を評価してくださっていましたが、僕も在日同胞とつながる仕事の中でずっと生きてきましたけど、いうところの大衆の中で生きるというあれですが、それでもやはり孤独といえば孤独でした。自分の国についても特に北朝鮮のありようが、大事な国であればあるほど、見すごせない思いがつよく働いて、いやおうもなく在日同胞の運動体から孤絶をしいられるばかりでした。

「在日を生きる」と言い出したのも、四、五十年前から僕が言い出したことですけれども、今はほとんど慣用句まがいに行き渡っていまして。今の若い世代のほうが、僕とは割と距離が近いですね。年輩者たちの心情的な、纏綿としたものと切れていたことが若い世代たちとつながり得るある目安を持てたのかなと思ったりもします。それでも「ワシらにもわかるものを書いてくれや」といわれるのは、本当につらい。

文化はどれも移民の言葉

鶴見　初めから裂け目があるというところが、金時鐘さんの日本語で書かれた散文の特徴なんですね。この『「在日」のはざまで』の頭に「クレメンタインの歌」が出てきますが、その次の文章の「私の出会った人々」の中に、戦争が終わってかなりたって、岩場で急に口から出てくる言葉が「クレメンタインの歌」なんですね。これは日本の脈絡の中で言うと山登りの歌なんですよ。西堀栄三郎が山登りの、自然に出てきた「雪よ、岩よ……おれたちゃ街には住めないからに」というやつなんですよ。これは朝鮮語では全く別なんですね。

金　一人娘に見放された父親の……。

鶴見　「おお愛よ、愛よ、わがいとしのクレメンタインよ、老いた父ひとりにしておまえは本当に去ったのか」。それに託していく言葉は、言語で言えば重層的なんですね。これはまず英語であって、それが日本語に訳され、恐らく日本語として朝鮮語に訳され、というふうな三重になって。メロディは同じでね。それが口ずさまれていくんです。だから、これはもともと朝鮮語で自分の心情を託した歌というのと違うんですね。そこに、私は人間的なものがあると思うんですよ。

つまり言葉というのは結局、もともと移民の言葉なんですよ。文化はどれも、必ず移民の言葉。つまりこちらに連れられたり、こちらに連れられたり、そこで生きているわけで。実際移民の文化以外に人間は持っていないんですよ。ここの中には、三重ですから、単純な国粋主義から言えば朝鮮人の心情を朝鮮の純粋な言葉に託して、朝鮮のメロディによって歌うのが本当の愛国主義だと。そんなことを言ったら、人間には文化なんかないんですよ。だからここの中に、襞の中にたたまれた自分の心情が託されていくという、これは全く自発的なもので、ここから始まりなんですね。三・一運動で弾圧されて、日本の植民地下でやってきた――この襞にたたまれたものが全部、この三重の外国語に翻訳された、その中にたたまれているんだと。そこから自分は出発したんだという、このエッセイ集全体の序詞に「クレメンタインの歌」が置かれているというのが全く重大な、独創的なもの。

つまりこれは、よく掘っていけば必ずあるんですよ。ヴァージニア・ハミルトンという黒人の作家が『偉大なるM・C』という少年の物語を書いているんだけれども、あの中でその少年が、自分ではわからないアフリカの言葉をずっと言うんだけど、全然意味がわからないんですよ。アフリカのどの部族から来たかも知らない。とにかく、出てくる。その同じような体験が、ハミルトンにあったというんですよ、直接に話すとね。あったから、あれを入れたんですね。だからものすごくたくさんの黒人がアメリカにアフリカから連れてこられて、子供の子供の子供だけど、わずかに断片で何だかわからない、呪文のような言葉が残されて、それが力を与えるんですね。またリズムがあって、それが三百年たって、ジャズが吹き出てくる。

金　芽を吹くんですね。

鶴見　あの不思議な働き、それが人間の文化ですよ。だから、純粋な国語というのは少し変なんですよね。純粋な国語の起源というものが、もともと違うものなんです。

金　先生の「言葉は移民によってもたらされる」ということを聞いて、かなり僕もすっきりした気がします。「クレメンタインの歌」は自分の心情の一番奥の歌のようなものでして、解放になってみると朝鮮の歌ではなくてアメリカの歌だと聞いて、僕は多少がっかりもしたんですけれどね、自分に言い聞かせて、それが僕は父からもらった歌だと思ってきたけれども。

鶴見　それが人類史であって、人類の文化というのはそういうものなんでしょう。

父親と自分をつなぐ「クレメンタインの歌」

鶴見　だからここのところを読むと――「敗れた日本からも置いてけぼりをくった感じの私が」――つまり敗れた日まで皇国臣民、皇国少年なんですから、――「十日くらいもたった夜更けの突堤の突端で、ふっとなにげなく口を衝いてでた歌が、父がいつも岩場で私のために口ずさんでくれていた朝鮮の歌なのです。……それは朝鮮の歌詞で唄われる、『クレメンタインの歌』です」（『「在日」のはざまで』三四頁）。

それで、「このような父の思いの一端を知るのに、私は十七年もかかりました。……私は父と母の墓所のありかを知りません。父は死ぬ間際までも、『絶対に帰ってくるな、老いた者が先に死ぬのは世の常だ、日本で生きろ』と」（同上書、三六—七頁）。全くの孤独で、知らないところで生きて死ぬのがいいんだ。それが文化の継承なんだと。それで自分たちの思いが伝わっていくんだと。このあたりは、孤独の中の伝承——力のある伝承は、孤独の中であると。それは、人間自身なんだと。文化の、まっとうな道なんですね。そこのあたりが、わずかこの百五十年前に政権をとった、わずかこの一、二年前に政権を握ったトップにいる人間が、強制できるものではないんですよ。

これに対して、今の思いですぐに反逆して引っくり返せるというものでもない。もっと底の底にある、沸いてくるものは、しかもそれは全くよくわからない。少なくともこの国の文化は超えているものです。だからハミルトンの、もう死んでしまったけれども彼女の書いた五つ、六つの少年物語も同じところですね。恐らくジャズもそのものでしょう。それが自分たちの文化なんだという、その問題に指を当てていると思うんですね。私にとっては、本当に……。クレメンタインが父親と自分の間まで差し込んでくる何か、そこの場所を出しているのは単純な国粋主義や愛国主義とは違うんですよね。私はこれはすごい本だと、もう「クレメンタインの歌」というのは大変なものだと思いますね。

金　「クレメンタインの歌」は先生の推奨があって、日本の『名随筆百選』に入れてくださっているんですよ。

鶴見　いや、全く違う脈絡のなかで生きるのが人間の文化なんですね。だからハミルトンなんて、死ぬまで自分が引用したアフリカ起源の呪文みたいなものの意味を知らないんですよ。知らないと言っていた。

そして父親と自分との間をこの「クレメンタインの歌」を仲立ちとして知るということは、朝鮮人としての自分の発見、それが孤独の場なんですね。私は、思想の力というのは、そういう、何か軍団の力というものとちょっと違うんですよ。そのことをわかっている人は少ないし、言葉で食っている人でも少ないんですね。これは大変におもしろいと思いましたね。朝鮮人としての自分の発見は、「クレメンタインの歌」を岩場の突堤でふと歌い出したときに、それのきっかけで現れる。そういう、自分の発見の情景そのものがここで描き出されているというのが、本当にすばらしい文学だと思いましたね。そのとき、金時鐘は詩人でも何でもないわけなんですよね。詩人でも何でもないわけが、そのときに「批評としての抒情」に目覚める。その発生の場面は詩人でも何でもない人間が詩人へと歩み出す、その元なんですね。

戦争中も自分を貫いた淡谷のり子

鶴見　それからもう一つ。金さんが学校の遠足で犬を見るんですね。犬が紐をくくられたままさまよっているのを見て、うちに戻ってきてからも気になって仕方がない。犬が大きくなるに連れて、あの紐がしまったままだったらどうしようと思って眠れなくなってきたということを、小学校の友達にしゃべっているんですね。そうすると、そのころの自分の日本名で呼ぶんですね。「光原《みつはら》！　それが詩なんだ！　おまえの詩はそれなんだ」と。小学校五年のときですね。手を握った。つまり、そういうものが詩なんですね。そういうことを、その同じ五年生の友達が直感的にわかったんですよ。詩はそういうものだ。それは、抒情なんですね。人生の総体に対してこれという、抒情で、批評でもあるわけ。そこから金時鐘の詩が始まるというところがおもしろいので、詩人は詩人として生まれるのではない。つくられたものができたときに詩人になるのではない。詩に向かって動く抒情のうずき、それがあるとき、それが人を詩人とする。だから自然の抒情と、言葉を見事に組み合わせたときに人に対して訴えることができる形を持った詩と、この二つ、どちらが根源的かといえば、批評でもあるような感情が沸いたとき、それが詩人の始まりだと。

随分前に、私はインド人の言葉でこういうのにぶつかったんですが、「芸術家という特別の階級があるわけではない、一人一人の人間が特別の芸術家なんだ」。アナンダ・クムラスワミなんですが、やはりヒンズー教の中にある直観なんでしょうね。だから、どちらかといえば一人一人の人間が特別の詩人なんだ。一人一人の人間が感情というものを持っているわけで、普通の教育を受けていない、才能に恵まれていないたくさんの人間が、マスとしての感情をばんと押しつけられて、それと同じものを分かち持っているわけではなくて、自分の中で沸いてくるある感情を持っている特別の詩人なんだという考え方ですね。そのクムラスワミの言葉と響き合うものを私は感じましたね。詩とは何かという問題ですね。

金　いま先生が引用してくださった子犬の紐、渋柿をしごいて、海の水にも溶けないようにつくってある丈夫な紐なんです。それで首輪をされている子犬でした。金容燮《きんようしょう》という少年時代の一番近しい友人でしたけれども、彼が「これがおまえの詩なんだ」と。彼は生理的に詩を知っている友人だったのかな。

僕は、あのときよく日本の流行歌がはやった時期でしてね。中学校に行っても淡谷のり子が歌った「雨のブルース」というのが大好きでしてね。特に歌詞が気に入っていました。詩とはそんなものだと思っていたんですね。

鶴見　淡谷のり子というのは、自分の感情の中に批評を持っている人なんですよ。あれは、ものすごい人ですよ。生涯貫いたし。

金　そうですよね。もう存在することが詩である人ですね。

鶴見　戦争中、ちゃんと生き抜いたんだ。

金　ドレスも脱がなかったそうだし。容燮君とはよく言い争っていた友人でしたが、その彼にそのように言われたことで、日本が戦争に負けて、朝鮮人に立ち返ってみると、自分の詩はそのとき芽生えたんだなあと、改めて思ったりもします。

その金容燮君は勉強がよくできましたので、僕は四・三事件でこちらに逃げてきてしまいましたけれども、人づてに聞いたことですが彼は高麗大学か何かに入ったけれども大学をやめて、済州島に戻って港湾で背負い子、担ぎ屋をしながら辻説法をやって行方不明になってしまったというんです。彼は、朝鮮戦争のあとも李承晩というブルボン王朝と言われた暗遇な時世でしたし、李承晩が追放されたら朴正熙の軍事政権に入っていきますのでね。ああいう中では金容燮はなおさら生きられなかったと思いますね。それでもそういう体制側に与せずに、港で背負い子をしょって、荷物運びをやりながら辻説法をし、詩を朗読しているということを何度も伝え聞きましてね。それで飯が食えるはずなどありませんよね。まこと僕にはかけがえのない、根のところで本当に開かれている先覚者のような気がします。

その彼に、「おまえの詩は……」といわれて、後からどのように敷衍することなのかなとずっと考えてきているることですけれど、それはやはり犬という、物言わぬものへの痛みとか、物言わぬもの、物言えぬものの側に立ち通す、その思いに通わすということの、何か啓示のような指摘だったと思っています。

鶴見　そう、すごい直観ですね。それが詩だという。

あの戦争の時代というのは十五年続くんですが、ちゃんと貫いてとにかく生きた人というのは、とても難しいんですがいることはいるんですね。淡谷のり子というのは、そういう人ですよ。ほかに言うと、山下清がそうです。

鶴見 知恵おくれの。学校にいたくなくてずっと放浪に行っちゃって、いつでも平気なんですね。だから山下清、淡谷のり子、そういう人は偉大な人ですよ。

金 あの、絵かきのですか。

鶴見 知恵おくれの。

金 おもしろいな、先生らしいな。

鶴見 だから批評としての抒情があるから、ずっと通ってしまうんですね。中国大陸なんて日本軍に痛めつけられて、どれだけそういう人がいたかわからないですよ。だから「支那事変後方記録•上海」(三木茂撮影・亀井文夫編集、一九三八年)とか「戦ふ兵隊」(亀井文夫監督、一九三九年)を見ると……日本のドキュメンタリーとアメリカのドキュメンタリーを一緒に、三日間山形でやったことがあるんですよ。マーク・ノーネスというアメリカの批評家がずっと見渡して、一番は亀井文夫だと。それは「戦ふ兵隊」、「上海」。ウィリアム・ワイラーはいいけれどね、私はワイラーがおもしろいと思ったんだけれども、いや、だめと。

どこがいいかというと……「戦ふ兵隊」をいま見てみるとおもしろいんですよ。うちを焼かれた、さまよう中国人の顔と姿が映っているんです、一人一人。よくもやったと思うね。これはカメラマンが優秀なんだけれども、それを日本にいてモンタージュしたのが亀井文夫なんです。これは陸軍が金を出してつくったんだけど、陸軍が最後見てみて、これでは戦意高揚にならないとお蔵にして見せない。だから全部その出費はタダ。残されているから、今も見られる。いま見ても、名作です。つまり逃げ惑い、そしてどんどん歩いていく中国人の女や子供たちの表情が見えるんですよ。戦争がどういうものか。やはりすごい映画なんだ。だから、アメリカのワイラーなんかのは無理だ、頭でつくってしまっているから。そういうのが、ノーネスの評価でしたね。いや、やはりそういうものがそのまま詩なんだけども、それも抒情が批評になっているんですよ。この、中日戦争に対する感情が批評なんですよ。

だけどそういうものを持ったままずっと行けるというのは……山下清は知恵おくれだというレッテルを張られているから、自分を曲げないでずっと戦後まで来てしまう。淡谷のり子の場合は違うんだね。

金　あの人はすごい人ですね。

鶴見　ふてぶてしい人で、あの人のおじさんは、戦前の社会党の代議士なんですよ。だから相当意識的なんです。とにかく貫いたね、あれは。死ぬまで変わらなかった。

金　日本人離れの人は、本当に日本人なんですね。東北の方でしょう。

鶴見　東北です、そう。いや、ああいう人。なかなか大学にいないんですよ。

私ももうもうろくの段階に達したからね、東大教授はみんなだめ、東大教授は頭のなかに脳みそが入っていなくて豆腐が入っているんだと言うけど、そんなことはあり得ないですよ。科学的な命題でそんなことはあり得ないんだけれども、そういうこと言っても八十歳過ぎると通るんですよ。

金　いや、先生こそずっと貫いている方じゃないですか。

存在そのものが、詩

金　『図書』（二〇〇五年四月号）に、「日本の詩への、私のラブコール」（本書三七五頁参照）を書きました。つまり詩というのは文字づらだとか、音読をすることではないと思うんです。詩の抒情というのは――ここで触れましたが、どこかで核実験が起こるたびにいつもと同じ場所で三十年近くも座りとおしている名もない市井人がおるんです。または最果ての湿原でたったひとりで環境保全と野鳥保護のために半生を費やしている人もいる。僕も中等教育、県立高校の教員を長いことやりましたが、本当に寝食を忘れるぐらい子供たちにかかわりとおしている教師がいるんですよね。こういう人たちは、もう管理職にはなれないんですが。そういう人たちの思い、そういう人たちの存在そのものがもう詩なんですね。

鶴見　そうですよ。

金　だからそういう人たちの存在に思いを通わせる人が、そのような思いの人たちの言葉を分かち持つことができる。日本の現代詩の現状は、実感を描きだすよりも観念操作に憂身をやつしている。日本の現代詩の疲弊はそこに根ざしている。あまりにも私的《わたくしてき》に過ぎる詩が日本の詩には多過ぎて、物言わぬものたちに思いをはせること、例えば人里に出てくるクマに見るような、あれは人間の身勝手さが強いたようなものではありませんか。そういう物言わぬものたちの悲しみに思いがいく人こそ詩をかかえもっている。または言ってもはじまらないと口をつぐんでいる人たちの存在に心通わす物書きがおるとすれば、その人の表現は、自分のつき上がる思いの言葉でもあるわけだ。

だから詩人は不可分に他者の生存ともからみ合って生きている存在だと思うのですね。例えばうちの同胞の「おまえの書くのは難しい、ワシらにもわかることを書いてくれ」というオッチャンたちの思いの底には、無言の状態を強いられて底辺ではいつくばって生きなければならなかった思いがうずいている。あまりにも思いが大きいから、こまごまと言葉を砕いて言えないんです。言葉がないわけじゃない、言葉はつき上がっているけど、いちいちそれが言えないぐらいの生活なんですよね。そういう思いに、自分の思いを通わせ得るもの、そういう人が言葉を発することは、不可分にその人たちの言葉でもあるんだという、そういう信念めいたものを僕は持っているんです。

それに日本の大方の詩人は自分の拠って立つ場を明かさない。何に依拠して生きているかが、わからない。それでいて書かれるものは、すぐれてワタクシ的である。知的遊戯みたいなものに、ほとんどのエネルギーをかけてしまっている感じがしてならない。内面言語と言いますけれども、内面言語であっても、僕はその他大勢が生きている思いとからみ合っていたら、その内面言語はその人たちの言葉、思いとつながるものだと思うのですが、そのような日本の詩人は数えるほどしかいない。

それで、辻井さんがそういう御意見を書いてくれたんだと思いますけれども。僕は、詩人というのはたまさか言葉で表現できるに過ぎない存在だと思っています。詩人は詩人として生まれはしないけれど、詩は万人が共通してかかえ持っているものだと。自分の生き方がこのままであってはならない、流されてばかりいてはならない、と不断にそういう思いを持ちつづけている人は、もうそれが丸ごと詩だと思うわけですね。

良寛の抒情

鶴見 良寛というのは、ちょっと別の面白い生き方をした人なんですね。柏崎の方の、割合に豊かな荘園なんだ。家を出てしまって九州の方まで行くんですが、ものすごく勉強したんですね。どういうふうに勉強したかの経歴はわかっていないんですが、彼が後で勉強したことを全部消す努力をしているんですよ。山の中で無言の行をやったりなんかして、無言の行をやっているところに全然良寛なんて知らない人が来て、腹減ったから食わしてくれといって、無言の行をしているんだなと思って、手まねでやって飯を食わしてもらって、一晩泊めてもらって食べた。その、後で文章を書いたのでわかっているんですが。良寛は『万葉集』の歌をちゃんと読んでいるのと、漢詩を非常に広く読んでいる。この二つが、もう消し去った後もぽこっ、ぽこっと痕跡が出ているんですね。だから消す努力をした人で、最後は子供がいれば鞠つきをやって一緒に遊ぶとか、それからもらった米を炊いて自分で食べるとかというふうにして暮らしていたんだけれども。彼が書いた筆跡がものすごくいいのと、それから幾つか残した彼の書いた漢詩が古格を表しているもので、和歌の方も『万葉集』の系統の、忘れようとしても忘れがたくふわっと沸き上がってくる感じがあるでしょう。独特の人なんですね。

金 独特と言えば独特と言えますけれども、やはり消えてつながる思考秩序を経た……。

鶴見 そうです、消えてつながるということを体現したんです。

金　知識を生のままつたえるのではなく、知識を先生がおっしゃるように消そうとしたから、清水だけが残ったんですよ。知識の清水がね。それが、良寛の抒情になったと思います。

鶴見　良寛というのは、特別なえらい方だと思いますね。おもしろいでしょう。

だから日本語とは何かという問題があって、金時鐘さんの言葉で言うと、小野十三郎の抒情ということにぶつかることによって……「自分は日本に来て、日本の詩人の言葉によって洗い直されたことは、何にもまして幸いなことでありました。私はそのことによって、自分の内部に巣食っている日本との対峙を新たにすることができました」と。やはり、このあたりがおもしろいんですね。日本語と対峙し、日本人の日本と対峙するという、やはりそういうこと、そういう理想をはっきりと見きわめたところが金時鐘さんのおもしろさですね。その立場を見きわめてそこにいる人は、とても少ない。だから在日の方が、明らかにその位置を見きわめるきっかけに恵まれたと思う。それが今のコスモポリタンとかグローバルというものと、その場から同じように対峙するので。グローバルにどうしたら対峙できるのか。要するにグローバルになってしまえばいいのではないかというのが、権力の立場でしょう。軍事力は、アメリカの方が大きな軍事力があることは確かなので、そちらの方に身を任せた方が得になる。

ナンシー関の消しゴムアート——限界芸術

鶴見　私がびっくりしたのはね、ナンシー関というのがいるのよ。知っていますか。

金　名前は、聞いたことがあります。

鶴見　私は知らなかったんだけれども。この間、ナンシー関のことを紹介しているのが、坪内祐三の書いた『文庫本福袋』という本に出ていたのでびっくりして、本屋に行ってナンシー関の本を買ってきたの。もう死んでしまったんだけれども、消しゴムアートというのをやっていたんだ。消しゴムに彫るの、こんな小さな消しゴムに。それにね、ナンシー関が言葉を添えるんだけれども、いまの日本人の思想というのは「何とかして隣の人より得ができますように」だと。妙齢の女の子が、何とかして得ができますようにと真剣な顔をして祈っている表情が消しゴムに彫ってあるの。これが芸術だと思ったね。今の人は、そんなに得する必要ないじゃないの。しかし、それは必要をこえて、真剣な、思想そのものなんだ。権化なんだ。何とかして得ができますようにと祈っているの、真剣な表情で。その女性の肖像を、消しゴムに。

金　こんな小さいですよね、三センチ四方ぐらいに。

鶴見　これこそ、芸術なんだよ。消しゴム版画。ああいう人が死んでしまったのは、残念だね。これが日本の思想なんだ。何とか得にできますように。全く真剣。自ら疑うところがなくて。それを見抜く、そして肖像に。それを僕たちみたいにこうやってやるのではなくて、消しゴムをちょっと手に入れて。これだ。

金　その人が他人より得をしますようにと願っているわけでは決してなくて、それを真剣につくることで、それは猛烈な批評になっているわけですね。痛烈な批評に。

鶴見　ねえ、すばらしいですよ。これだけの芸術家が死んだかと、本当に。だから、坪内が書いているのよ。ナンシー関が死んだなんて、やはりそれだけの追悼を与えられるほどの人物だね。すごいと思った。

金　本当に市井人、市井の中のヒロインでしょうな。

鶴見　パトロンがついて、部屋をもらってでかい肖像をつくるのではないんだもの。消しゴムをその辺で買ってくるわけ。思想が偉大なんだ。今の現代日本思想というのを、何とかかんとか言うのではなくて。

「何とかして得ができますように」と、一つの語に収斂できる。これが芸術なんだ。すばらしいと思った。おもしろいね。文庫本で、本当に。わずか何百円かで買える、びっくりしてしまった。本当に生きている間に彼女を評価できなかったことは、我が不明を恥ず、と思ったね。

金　本当にそういう世情の底辺の芸術家にずっと執着しておられる先生にしては、惜しいことをしたかもしれませんね。

鶴見　まさに私の言う限界芸術なんですよ。すばらしいね。そうやって放浪して歩いていく人が現代にももちろんいるわけだけれども、古代にはいたんですよ。それがアフリカから出てヨーロッパを通って、インドを通って、アラスカ海峡内からずっと歩いていって、カナダからアルゼンチンまで行って止まったの。ところどころ少しずつ人が残してきていて、あれが先住民族で、つまりインディアンと間違って呼ばれているものですよ。彼らの持っている気分が俳諧であって、やがて彼らは絵文字で抒情詩を書き、そして言葉も、英語や何かも覚えるでしょう。そうすると彼ら自身の言葉をやはりつくるのね、モーホークや何か。それとここに残された人間が一生懸命また進化してつくってくる芭蕉の俳諧と、彼らの先住民族の詩とは見合うんだよね。「きょうは死ぬのにいい日」とかね。それはやはり芭蕉の……。

金　それはいい、その言葉も詩だな。「きょうは死ぬのにいい日」。

鶴見　いいでしょう。俳諧と見合うんですよ。だからそういう中に乖離があったときに、その後からのこのこ出てきて自分たちが文明をつくったとか、この文明を世界に押しつけなければいけないというのは、あれは全く非文明人だということがわからないんだね。

金　ブッシュがそれをやっていますね。言葉は移民によってもたらされるとおっしゃった、先生の、具体的にそういうことだと思いますね。

いま聞きながら、風流という言葉の原理はそれだと思います。風流というと、何かみやびなもの、典雅なものだと思いがちですけれども、本当は風流というのは利得にかかわっていなくて自分の思いどおり生きているという、つまり、移動することだと思うな。定着というより、未知なものへいつも移行していくのが風流ではないかと。それが、日本では風流というと何か趣味がいいという程度のことに考えられがちですけれども。

鶴見　良寛は、風流ですよ。「天上台風」なんて風流じゃないですか。宇宙的でしょう。

金　ええ、だからそこまで来て本当に風流なんですよね。

鶴見　だけど、ナンシー関も偉大な芸術家だ。何とかして隣の人より得をしたいと祈っているんだ。真剣に祈っているんだ。いや、わたしは今の、坪内の本を読んで、これは大変なものだと思った。何とかして、隣の人より得をしたい。何のために、人生を生きたいとか、全然ないんだよ。そういうひとをみんなが大臣にして雁首をそろえたみたいな。「隣の人より得をしますように」というのが、日本国民全部の哲学です。

金　それを三センチ四方の消しゴムに彫ったというのだから。

鶴見　それを、日本国民はわかっていないんですよ。何とかして常任理事国になりたい。もう、十年前からそうでしょう。常任理事国になって何をするのか。ただ、常任理事国になることしか考えていない。ただ常任理事国になりたい。私のおやじだってそうでしょう。何とかして総理大臣になりたい。大臣になって、あれは何もすることないんだ。一つだけしたことは、大臣部屋を大きくした。そういう人間が、常に一番でいる人なんだ。一番というのは、そういう人なんだ。日本の教育制度は、そういうものなんだ。何をしたいかという問題ではないんですよ。だが坂本竜馬とか高杉晋作とかというのは、そういう人間ではなかった。日本国ができたって、閣僚にはならないと竜馬は言っているでしょう。それがいつ崩れたのかというと、一九〇五年なんですよ。日露戦争の終わり。あそこで終わり。あの後は、もう滅びるしかないんだ。もう、百年滅びの道を歩いているんです。これからも長いと思う。必ず滅びる。私はそういう思想を持っているので。

建国以前に創立されたハーバード大学

鶴見　とにかく小野十三郎を考えてみても、金時鐘さんほど小野十三郎を検証した人を私は知りませんね。そのようにして見出される。それが、すばらしいことだと思うんですよ。

金　小野先生の『詩論』とかに出会ったことは、一種の啓示みたいなものですけれども、やはり出会わせたのは自分をつくり上げてきた日本語があってのことだと思うんですね。日本語は何かというふうに、先ほどもそれが提起されたままになっておりますが、僕の場合は自分が十五年戦争の終結で勢い朝鮮人になったわけじゃなくて、立ち返らされた人間、おまえは朝鮮人だと押し返されてしまったわけですね。それまでの自分をつくり上げたものが日本語ですから、僕を涵養《かんよう》したものは何かと考えていくと、どうしても日本語に行き着くんですよね。自分の国が奪われるときも、戻ってくるときも、何ら関わったことのない自分が、解放された人間として解放世代に位置づけられることが、僕にはずっと重荷なんですね。

鶴見　むしろ大学教育なんかを受けてしまうと、日本の大学のつくり方とヨーロッパは違うんですよ。日本はまず明治国家ができるでしょう、それから五、六年たって日本でただ一つの大学をつくるんです。ほかの学校は大学じゃない。それが東京帝国大学ですね。そうすると国家がまずできて、国家の責任者、権力者ができて、それが指令をして大学をつくるわけで、国家のために役に立つ。だけどヨーロッパはまず勉強する人たちがいてそれが大学をつくる場合が多いし、ことに宗教がずっと続いてきて、その中に自分でかなり反逆的な、独立的な学問をするところがいろいろなところにできて、そういうものが学問になっていくという形もある。

だけど日本の東大の人たちは、同じようにできていると思っているんですよ。例えば私は二十年ぐらい前に葬式に行ったんだ。葬式の後飯を食うでしょう。偶然私の前で飯を食っているのが、東大教授だったんですよ。それで、「鶴見さんがそんなにいばっているのは、鶴見さんがハーバードを出ているからじゃないですか」と言ったんだよ。私は非常にびっくりした。そんなことを考えているのか。つまり、日本はアメリカに負けたでしょう。だから、勝ったアメリカのハーバードがずっとえらくて、東大よりもえらい、と。

だけどハーバードというのは、できたときは一六三六年なんだよ。アメリカ建国は、一七七六年なんだよ。そのときに国があるわけないでしょう。

金　その先生は、鶴見俊輔が不良の成り上がりだということを知らないようですね。

鶴見　そう、私は小学校と大学しか行っていないんだ。しかも大学は試験受けて入ったけれど、出席は二年半です。二年半のときにＦＢＩに捕まってしまったんだから。牢屋にいるときに、大学が私に卒業証書をくれたんだ。東大だったらだれがやってくれますか、そんなもの。そんなこと全然わからないで、そういうことを言っている。

金　先生が勉強ができたからですけれども、でも、それは日本ではあり得ないことですね。

鶴見　私はそのときに決心したの。もう東大教授と一緒に飯を食うのはやめよう。ブリア・サヴァランがちゃんと言っている。飯は、一緒に話をするやつがおもしろければ消化がいい。これは美味である。つまらなければ消化が悪い、美味ではない。サヴァランが言っているんだから、これは大したものだよね。だれと話しながら飯を食うかによって、味は決まるんだ。

金　多くのことに敷衍される言葉ですね。

鶴見　決心したけど、またそのときは丸山眞男に会った最後の日だった。葬式の日。丸山さんが生きているうちは、あまり言いたくないんだよ。私は丸山を非常に尊敬しているんだ。丸山さんが亡くなったからもう平気で、間違っても何でも構わない。大体東大で一番なんて、愚劣な連中だ。山下清の下にいるやつなんだ。

あの戦争をだれがやったと思う。戦争が終わると、びっくりして追放した矢内原忠雄を元に戻して、矢内原先生みたいなのがいるなんて占領軍と交渉して。その根性がだめなんだよ。つまり「内で蛤《はまぐり》、外では蜆《しじみ》」というんですな。占領軍と交渉して。矢内原はえらいですよ。追放されたのに平気で、昭和十八年に中之島公会堂で矢内原が演説したことがある。「もうすぐ、パルーシャは近い」と言っているんだよ。つまり人間の解放は近いと言っているんだ。もうすぐ負けると言っているんだから。それでも……。

金　それで、引っ張られなかったんですかね。

鶴見　パルーシャと言っているから、わからなかったんだ。だから通っているんです。ちゃんと、記録が残っているんです。ものすごくえらい人です。だけど引っ張り出して、元の東大教授にして、先生が何とかかね。そんなこと言ったってだめだよ。あの戦争は東大が中心になってやっているんだもの。それ以外にどこがやりますか。それがわかってしまっても、もう口をつぐんで知らん顔。私は近ごろ落語のネタを一つ考えたの。東大に入るとき、試験に受かるときにね、一人で、自分自身の力で入ったと思っているわけ。そうじゃないんだ。あれはみんな、東大に入るやつは欲と二人連れで入っているんだよ。その二人目がそこにいることを自覚しないから……。

金　出たら、利得は約束されているようなものですから。

鶴見　そう、死ぬまで二人連れで生きている。それで、ついに死んだ。棺おけに入れられたときに、人魂のごときものが、するするするとすき間から出てくる。これが二人連れだった欲なんだ。

金　今のは、いいなあ。

鶴見　これはやはり、落語で仕組んだ栄養。もうろく段階に入ってからはそういう落としダネを考えているんだ。こんなもの学問じゃないし、科学的な命題としては間違っている。だけどやはり平気でそういうことを言うことは楽しいんだね。私の生きがいです。

編集部　これはやはり、鶴見俊輔の俳諧ですね。俳諧であり、詩ですね。

五百年の帝国主義の中で作り出された英語文化

鶴見　例えばね、「ここめた過去の背丈よりも低く」、この一行がすばらしいんですね。背伸びしてものすごい背丈の高い詩人として詩を書くということではなくて、自分がこうやって屈服したときの背丈よりももっと低い詩を書きたいという、そういう理想が詩を支えていくと思うね。

世界の言語というのは、もし人間が生き延びるとしたら変わっていくと思うんだ。つまり古代そのものはいま言ったアラスカ回りの偉大な人たちがあそこで詩を持っていたんだけれども、世界の文化はもう一遍お互い影響し合っていく。金時鐘が小野十三郎の影響を受けたことが彼の書く日本語に対して影響を与えて、これの養いの親になってほかの日本人と対峙する。ほかの日本人の日本語に対峙する。そのような力を持ち得たと思うような影響を、世界いろいろなところで与えていく。

だから例えばヴァージニア・ハミルトンの、もう死んでしまったけれども、この文学というのは、やはりそのようなところとして残ったと思うんですね。だから、それが未来の文学だと思う。それは、大きな帝国主義は悪いことをしながらそのことを悟っているんだよね。だからイギリス人というのは、おれたちは悪いことをしているなと思って悪いことをしているから、やはりちょっと日本人にはない倫理性があるんですよ。

だから文学といっても、英語の散文を書いたのは五人だという説があるんですね。それは、小説をもとにして考えるとジェーン・オースティン……これは大学に行っていないんだ。結婚もしていない。それからジョージ・エリオット、これは女なんだから、大学行っていないんだよ。それから、ヘンリー・ジェームズ。これはアメリカ人なんだ。この人も大学に行っていない。それからD・H・ロレンス。労働者の子だから、オクス・ブリッジには行っていないんだ。それで、最後にコンラッド。これはポーランド人なんだ。ポーランドに生まれて、ロシア語は少し知っているけれども、両親が二人ともナロードニキで、革命の戦士で、早く死んでしまうんだ。彼は十四歳からフランスの船に乗って水夫になって最後に船長になるけれども、最初に出会うのはフランス語なんだ。だからポーランド語、ロシア語、フランス語で、そのうちに英語にも出会うわけ。妙に英語と相性が合うんですよ。偶然にも船客にゴールズワージーがいたこともあって、降りてしまうわけね。それでイギリスに定住して、英語で書き始めるわけ。ものすごく文法上の間違いが多いので、初めは合作なのよ。フォード・マドックス・フォードというのと一緒に書いていく。あとは独立して書くんだけれども、最後までスペルの間違いが多い。だけど、公平に考えると、イギリスの中で五人の散文家。だけど発音は、死ぬまでよくならない。

金 僕と同じ。

鶴見 アメリカに来て演説するんだけれども、まず自分の書いた散文を読むんだよ。ウイリアム・ライアン・フェルプスというエールの英文学の教授が、日記にちゃんと書いている。「こんなに美しい英語が、こんなにひどく読まれたことは初めてだ」と。でも、それは五人の英語の散文書きであることは確かなんだ。もう一人挙げる場合もあって、五人半というときはディケンズを挙げる場合がある。だけどディケンズも、あれは速記士の出身だから大学なんか行っていない。だからこの五人あるいは五人半のすべてがオクスフォード、ケンブリッジじゃない。だから英語というのは不思議なもので、ほとんど五百年の帝国主義の中でつくり出した文化というのはそういうものです。

日本の場合には純粋な日本語とか変なことをやって、国語を権力者が選んだもので、こうやるでしょう。純粋な国語というのは変だよ、大体。純粋な国なんかつくれるのかといったら、大体みんな土方の親分みたいなのがぶん殴ってつくったものでしょう。それが純粋な国をつくって、そして純粋な国語をつくる。それは全くの架空のユートピア像なんだ。だから三島由紀夫というのは才能はあるけれども、そんなものを考えて理想にするのは困るね。私は、全く困る。

いま見事な日本語を書いているのは、例えばアーサー・ビナードですよ。ビナードはうまいね。彼は日本語に接触したときが二十一歳。だけど、やはりこういうところから日本語は新しくなると思うね。アメリカ人ですけどね。日本に住んでるんです。

感情を持続する在日朝鮮人

鶴見 そういうところから新しくなっていく。だけど彼らは、リービ英雄にしてもビナードにしても皆アメリカ人だけれども、その人たちに先んじて在日朝鮮人ですね。それは日本語文学というものがあって、それをはずしたら日本の現代文学は値打ちが下がると思うね。それだけのものがあった。それは日本の帝国主義はイギリスの帝国主義ほど奥行きを持っていないけれども、それでも在日朝鮮人の中から偉大な小説が出た。日本語で長編詩を近代になって書いたのは金時鐘だけだよ。そういう非常に妙なこと、考えることもできないようなことができている。日本で長編詩を書こうと思った人はいた。それは千家元麿、『昔の家』というのは一冊本になるほど書いたんだけれども、あれは未完なんだ。プーシキンから影響を受けて書いた。千家はおもしろいですよ、立派な人なんだけれども。それは、金時鐘の長編詩三冊というのは日本人の詩人には書けなかった。なぜか。これは感情の持続がないから、日本人には。感情の持続が、朝鮮人にはあるんだ。

金 感情というとナチュラルなもの、自然的なものと思いがちですけれども、感情というのはつくり得るものでもあるんですよね。

鶴見 感情が批評になる。そして感情が思想の元であり、持続する感情は我々の環境に対して全員が国民になっても、一人としてそこからこの思想を批評し続ける拠点を築く。そういう問題が、在日朝鮮人の中には流れとしてあった。それが、日本人の中にはほとんどない。

金 在日朝鮮人の置かれている実存がそういうものでもあったんですけれどね、その点日本の人はいつしか民主主義国家になったことで、すっかりそういうことに対するまなざしを向けることをなくしてしまった。

鶴見　そうですよ。つまりデモクラシーという問題は、冷静にこの百五十年ほどの世界史を見ると、デモクラシーがあって初めてデモクラシーからファシズムが起こった。デモクラシーなしに、ファシズムが起こったことはないんですよ。このことをわかっていないんだよ。デモクラシーがあったらファシズムに抵抗できると思っているでしょう。これが東大流の浅はかな考えなんだ。つまり、大正時代には大正デモクラシーというものがあった。それがあったからこそ、昭和に入ってからのファシズムができるんです。ドイツにもワイマールのデモクラシーがあった。それがあったからこそ、ナチズムができるんです。イタリアも恐らくそうでしょう。スペインもそうでしょう。だから日本の場合変なことで、デモクラシーは二度あったでしょう。大正時代と占領下のデモクラシーと。もう一つファシズムをつくっているんだから。二度も性懲りもなく同じものをつくっているんだから、全くどうかしているね。つまり、記憶の持続がない。

本格的な不良少年とは

鶴見　記憶の持続がないというのは、その支えになる感情の持続がないんだ。というのは、非常に早く学校制度を明治につくったでしょう。成功したわけ。ただ、学校制度というのは、正しい答えは先生が持っているんですよ。先生が心の中に持っている答えを何となくぱっと直感的に、はい、はい、はいと手を挙げて、それが正しいんだ。それが小学校一年生、二年生、三年生、同じ学校もあるけれど、それぞれ変わっていく。中学校に行くと変わるでしょう。また、高等学校に行ったら変わるでしょう。大学に行ったらまた変わるんだ。そうすると、すぐに変わった先生の心の中にあるものをぱっと。その訓練が、小学校一年のときからできていく。それは、学者犬が当てるのと同じなんだ。それは親方の目を見て一、二、三、四というのをとっていくから、当ててしまうわけだ。ものすごく頭がいいと思うけれども、まあ頭がいいには違いないんだけれど。だからその能力を一年生のときからずっとやっている。

だから本格的な不良少年がいるとすれば……私はそうではない、ちょっと落ちているんだけれども、一年生入ったときの最初の時間に「先生、その問題は自分で考えたんですか」と。これは、先生はぎょっとするよ。この野郎と、答えられないから殴っちゃいますよ、そいつね。それで教室の中にぱっと答えを言い当てる生徒がいて、そのとおり、そのとおりと黒板に書く。不良生徒はまだうじうじしている。「何だ、君」と言うと「先生はその答えがただ一つの答えだと、どうして言えますか」。これも難しいんだよ。

金 始末に負えない子供だな。

鶴見 もう一遍殴ってしまう。それで一巻の終わり。それがしかし、実は小学校一年の教室における最も知的な会話への入り口だった。それを超えられるやつが、大体教師にいないんだ。

金 先生の話になぞらえれば、僕も結構頭がよかったんだな。先生のようなことが、僕にも二回あるんですよ。小学校、日本で言う小学校二年のときに……僕は二年までは、朝鮮では普通学校でしたよ。つまり、義務制ではなくて。二年のときに修身という科目もありましたが、国語の時間にことわざを習うんですよね。「雨だれ石をうがつ」とか、「稼ぐに追いつく貧乏なし」とかというのを覚えて、先生が「雨だれみたいなものでも長いこと落ちておったら穴があくんだ」と言うから、僕は「人間は何年かかったら石に穴があきますか」と。本当に聞いたんですよ。先生は初めきょとんとしていましたけれども、ものすごく怒り出しましてね。おやじが呼び出された。

鶴見　そうでしょう、本当に暴力的なんだ。

金　おやじには帰って怒られなかった。苦笑いしていましたけれど。そのことわざには本当に、とっさに反問が口をついてでたのです。立派な皇国臣民となって、早く兵隊さんになるためには小学六年を卒《お》えて中学校五年上がって、九年しかないのにその石に穴があくものだろうかと、そんなせかれた思いで聞いたのでした。

もう一つは、戦争中僕はおじいさんが北朝鮮の元山でプロテスタントの教会の長老格だったので、おやじは早くから放浪していたものですから、おじいさんについて教会に行っていました。僕には教会の日曜学校が幼稚園みたいなものだった。五年生のとき大東亜戦争、アメリカとの戦争が始まったんですが、大東亜戦争が始まったら朝の礼拝に戦勝祈願のお祈りをするわけですよ。イエス様に、日本が勝つようにとお祈りを上げるんです。僕は小さい頭で、アメリカの方がイエス様の信者が多いのに、イエス様はどちらの願いを聞くのかなあと礼拝のたびに思った。それで牧師に聞いたんですよ。「私たちより向こう側が信者、クリスチャンが多いのに、イエス様はどちらの願いを聞くんですか」と聞いたら、そんなことは考えんでいい、祈ればいいんだと、祈りの強いほうにイエス様が来るというんですね。それからはまったく教会に行かなくなりました。僕は賛美歌も割とよく知っていますし、ちょっとしたお祈りができるぐらいに聖書の暗記した部分もありますけれどね。朝鮮語で戦後覚えたんですが。だから、小さいとき素朴におかしいと思うことは、本質的におかしいことだと思う。

鶴見　学問というのは、わからないことは一緒に探そう、それが学問なんですよ。だけどそんな教師なんていうのは、まずいないですね。

金　答えてくれないもん、けわしい顔をするだけやもん。

鶴見　殴っちゃうよ、本当に。……今日、私が出てくるときに細君が、この前彼女が金時鐘さんと会ったのは、高銀《コウン》さんと一緒だったというんだよね。

金　はい、そうでした。

鶴見　高銀さんとの話……こういうことを高銀さんが言ったんだ。山の中でずっと育てられたものだから、日本人の普通の家庭というものがわからなかった。学校に行けということになって学校に行って、先生が日本人の先生でしょう。「君たちは何になりたいか」と言うから、彼は「はい」と手を挙げて「天皇陛下になりたい」と言った。

金　一番えらい人に。

鶴見　先生が怒って、お父さんが何か持って行って謝って。

金　それはえらい人に、まあ大将になるとかは言うけれど……。いや、先生も怒りながら、内心笑いをこらえたのと違うかな。高銀も、詩をやるだけのことはある。

本格的な教師とは

鶴見　だからこれはわからないから一緒に考えよう、疑い続けていこうと言うのが本格的な教師なのに、そんなのはいないんですよ。日本人もたくさんいるんだから、一億人もいるんだから、そういう先生はいないことはないと思う。私が一つだけ覚えているのは、同級生に雨宮一郎というのがいたんだ。それは数学の京大教授だった森毅が自伝を書いているんだけれども、自分の生涯で会ったただ一人の天才は雨宮一郎なんだ。森毅に言わせると、日本の生み出した十人の偉大な数学者といえばあるいは議論によっては入らないかもしれない、十一人といえば必ず入るというんだ、雨宮は。

金　そういう分類も、また含蓄がある。

鶴見　数学史から入って、公平に日本人から出た人なんですね。十人に入れる人もいるらしいけれどね。それが、私は同級生だったたんだ。それで私がクビになって放校されるときの最後の一日、彼と一緒に帰ってきたんだ。無邪気な男なんだよね。「あしたから夏休みになるね」と言ったね。私はね、「おれにとってはきょうが最後の一日だ、もう学校に来ない」と言ったんだよね。もうおれは退校だ。それから長い間会わなかったんだ。彼に死ぬ前に二度会っているんだけれども、彼が何十年もたったときに言うんだ。あれから僕は神経衰弱みたいになってね、何度も落第した。東大の数学科に入るときには、数年下の森と同級生になってしまったんだ。先生は彌永昌吉、今、九十三歳ぐらいだ。これがおもしろい男なんだけれども、教室で「君の言うことはどうもよくわからないな。おもしろいみたいなんだけれどもどうもよくわからないから、この次の日曜日一人で来てよく説明してくれ」と。こういうのは、本格的な教師なんだ。どうも自分より先に行っているらしいんだけれども、言っていることがわからない。うちまで来てもらって、飯を食わしてゆっくり聞いたんだ。だから、そういう教師もいたんだね。だから、やはり大したものだ。

金　東大ですか？

鶴見　残念ながら、東大なんだ。打ち消したいぐらいなんだけれども、東大の数学の大変えらい教授ですよ。「ベト数懇」というのがあってね、「ベトナム戦争に反対する数学者の会」という運動を起こしたのが彌永昌吉なんだ。

京大の数学科もベトナム戦争に反対して、脱走兵援助を助けた。京大の数学者で、学生でトップというのは塩沢由典という男だったの。それは脱走兵と一緒に住んでいた。兵士は捕まってしまったけれど、やはり数学の教授たちがみんな寄ってたかってかばったから、援助をした彼は文部省の留学生としてフランスまで行くことができた。今も、日本を代表する学者ですよ。数理経済学者で。大変に立派な男なんだ。つまり、それは彌永が道を開いたから。そういうのも、ゼロではないと思うんだよね。

だから私が言う、東大教授がみんな頭の中に豆腐が入っているんだというのは間違い。初めから間違い。全称命題というのは間違いなんだ。だけど、あいつはもうろくしているからしょうがないんだというふうに、相手にしてくれないのがいいんだよ。これがいいんだよ。

金　長い時間、先生を一人占めでこんなに聞いて。

鶴見　いや、私は時間さえいただけば幾らでも話すことはありますよ。金さんは私がものすごく感心している人の一人なので。既に八十二歳だからもはやできないけれども、辻井喬に刺激を受けて「金時鐘」という一冊の本が書ければいいと思っている。だけど、もはやそれは不可能だろう。私に力が残っていれば、大きい本を書きたいですよ。つまり、今の人間の文学というのはそういう方向に向かっている。かつてはそういうものだった。これからもそこに向かう。それで、近代というのはその中に挟まれているに過ぎない。国語なんて迷妄なんだ、そういうことを書きたい。

Ⅳ　戦後文学と在日文学

飯沼二郎の雑誌『朝鮮人』と須田剋太

鶴見　飯沼二郎という人がいるんですよ。

金　大村収容所をなくすためにという『朝鮮人』という雑誌……。

鶴見　『朝鮮人』という雑誌をつくったんです。それは在日朝鮮人を、北系と南系と区別せずその問題を話し合う場です。在日朝鮮人の中の、日本語で書いている優れたライターを呼んできて私たち日本人と一緒に話をする。それを何年やったかな、十七、八年やったんですよ。最初は飯沼さん一人で、その編集発行人になって、雑誌ができるとそれを持って大阪、京都ずっと歩いて、書店に自分で置いてもらったのよ。それが、ついに彼としては限度が来たんだ。それが終わるといったから、私が引き継いだんです。それで結局二十年ぐらいやったかな。

それは金達寿とかおもしろい人をたくさん、一人一人呼んできて、その話を聞いてテープにとって。それに、絵を寄付してくれる人がいたんです。それが、須田剋太。ものすごくおもしろい人でね。須田剋太、絵をただでくれるんですよ。ただで表紙をくれるから悪いと思って、一年に一回彼を囲んで会食することにしていたんだ。その会食にもね、新聞紙に包んだ自分のグァッシュを七、八枚持ってきて、「好きなのをとってくれ」と言うんですよ。私のところに、それは二十年やったからこんなにたまるでしょう。持っているんですよ、今も。ただでくれるから、売るわけにいかないでしょう。展覧会を開くと、びっくりされちゃってね。「これは一体幾らだと思いますか」というんだよね。大変な値段がついているんだ。だけど、もらったものだから。もらう人は飯沼二郎、岡部伊都子と私だ。みんな、もらって持っている。

私は、私が生きているうちは売らない。そういう縁があるんですよ。須田剋太というのは、本当にこの世にこういう人があるとは信じられないような人なんだよね。大変にいい絵ですよ。

金　須田先生の絵をたくさん持って展示している、在日の、うちの若い友人がおります。お父さんがやっておった喫茶店をやりながら、ものすごくいい喫茶店なんですが……。丁章《チョンジャン》君が、東大阪市の司馬さんの家の近くでやっています。このお店がいいんですわ。

鶴見　そう、行ったことがないんだ。

金　大阪に来られるときは、ぜひ僕が案内しますから。須田さんの絵だけで美術館をつくっていますから。そこでおいしいコーヒーがいただける。

鶴見　だからその絆は、『朝鮮人』という雑誌なんです。一遍来ていただいて、ゆっくり話したことが。飯沼二郎さんの自宅なんですよ。自宅にいて、夫人が全部飯をつくるんだ。そういうつながりですね。

ところが、韓国、朝鮮から逃げてきた人間をそこに収容するという目的の収容所としては大村収容所がもう終わったんです。それで、それを弁護士の小野誠之が調査でたしかめたので、その雑誌は終わった。今から十数年前です。それまでは飯沼さんが降りてから私がずっと大阪まで行って、京都と置いていたんですよ。

それは、終わりまでやりました。そうしたら、終わったときに須田さんは死んでいるんだけれど、絵が二枚余分に残っていたわけ。だから最後の表紙を出して、まだ中に二枚入れたんだ。だから死んだ後もちゃんとあったんだね。大変な人だった。

金　気さくな方だったようですね。でも、好き嫌いはかなり激しい方だったと聞いていますが。

鄭詔文の『日本のなかの朝鮮文化』誌

編集部　『日本のなかの朝鮮文化』という雑誌は……？

鶴見　あれは、鄭詔文《チョンジョムン》です。これも、おもしろい男ですよ。これは鄭詔文と金達寿が組んで編集の主宰をして。金達寿がそういう直観を持ったんですね。日本各地で朝鮮人がいて、そこで自分たちの文化をつくっていった。それを地域に行って探っていって、その探訪を中心にして雑誌を出していこう。だから竹内好さんなんかはとてもすばらしいことで「これは小さいながらも、日本で最も大きい雑誌だ」と。

金　よく言っておられていましたね。

鶴見　竹内さんは言ったんですよ。これは、どれぐらい続いたかな。

金　かなり続きました。始めたのは、僕の記憶からしますと、一九七一年ぐらいだったと思います。

鶴見　これは、物として残っているんですよ。鄭詔文の自宅が、美術館になって。

金　高麗美術館になっています。

鶴見　鄭詔文がパチンコ店を経営して、幾らかの余分のお金で少しずつ集めていたものを置いていたんだ。その出店が、私の家の近くにもう一軒あるんですよ。二つあるんです。長い間かけて鄭詔文が集めたもの。そして目ききとしたら、鄭詔文と金達寿と二人でやるんですね。あと、娘さんが喫茶店を経営しているんです。これもなかなか趣がある、いい家ですよ。そこの喫茶店で、小さい庭を見ながら朝鮮料理を食べることができるんです。とてもいい家です。だから、残っているものはあるんですね。

金　集めたものを遺産相続すると税金でそっくりとられるのでね。それで先生方は財団法人にしたの。財団法人の認可なんか、とてもとれないのにね。財団法人化して、鄭詔文さんが住んでいた家全部を高麗美術館にして、初代館長になんと林屋辰三郎先生。

鶴見　非常にしっかりした後援だろうね。鄭詔文の人柄もあって。林屋辰三郎、司馬遼太郎ですね、非常に肩入れしたのは。

金　司馬先生はそうでもなかったと思いますけれども、上田正昭先生は一生懸命でした。当の鄭詔文さんもそれだけの支援を受けるだけの、本当に立派ないい生き方をした人でした。

戦後文学と在日文学

編集部　戦後文学において在日文学の果たした役割ということを、これだけお話しいただいたというのは、ないのではないかと思います。

金　鶴見先生のお話を一人占めするなんて、しんそこもったいない思いでいっぱいです。それにこんな古い詩集の再刊に先生自ら肝煎りしてくださって、お礼の申しようもありません。

編集部　やはり今の在日文学といいますか、二世、三世の方たちが最近出てきていますが、そういうのは金達寿さんとか金時鐘さんがあって続いているわけですよね。

鶴見　それをどういうふうに受け継ぐか、東大出の女性がいるでしょう。姜さん。非常にあっけらかんとしてまっすぐに言っているけれども、あれはやはり、新しい流れではないかという感じがしますね。ある意味で在日と通じているんですよ。あっけらかんなんだけれども、今の日本のイデオロギーにとらえられないというところに強さ。

金　姜信子、朝日ジャーナル賞をとった人ですけれどね。

鶴見　そう、つまり今の日本のイデオロギーには縛りつけられない弾力性は、韓国譲りではないかなという気がします。

金　日本で育った人なんですが、日本で住んでいるのに出自の国にこだわることが一義的なことではないというのが彼女の信念で。その後アリランの歌の発祥の地を訪ねたり何かやっているようで、大きくカーブを切って、やはり在日朝鮮人であることを否が応でも意識している昨今のようですね。

鶴見　あの人は、新しいスタイルを持っているような気がします。姜尚中もおもしろいと思います。少数者の生活感覚の裏付けをもつ政治観です。私がずっと読んでいるのは、『生きることの意味』を書いた……。

金　高史明ですね。

鶴見　息子に自殺されてしまうし、大変に苦しい目に遭ったけれども。

金　ずっと息子のことで、親鸞に打ち込んでいますね。

鶴見　彼の細君が在日日本人です。岡百合子といってね。非常に知的能力が高い人で、細君が彼に日本語を書くことを教えた。そういう意味ではとてもおもしろいし、『生きることの意味』というのは名著ですね。おもしろいです。父親は、戦争中も朝鮮語で子供を呼ぶことをやめなかった。そのことからずっと日本の中の朝鮮を手繰り寄せていくんです。いい本ですよ。もう一人、金泰生。死んでしまったけれども。

金　ああ、惜しい、本当に。

鶴見　彼はなだいなだと一緒に出てきた人で。

金　そうです、『文芸首都』の同人だった。

鶴見　ええ。保高という人物がいてね、保高徳蔵。そこから、おもしろい人が随分出てきていますよ。保高徳蔵からは、なだいなだが出てくるし、今は佐藤愛子。

金　佐藤愛子もそうですか。

鶴見　それから北杜夫。そして、金泰生もそうです。

金　生活が不遇、奥さんが住まいの下でホルモン焼きを細々とやっている。金泰生、本当に燐光《りんこう》のような小説を書いた人です。

鶴見　それで『私の日本地図』（一九七八年）、いろいろな地域を書いて。いいものですよ、それは。保高というのは、おもしろい人だったな。

金　でも金泰生は生前恵まれなくて。小説の数は割とあるんですけれども、それをなんとか出すところはないだろうかということで、僕の詩集を出してくれた立風書房に話が行ったんだけれども、担当するはずの人がやめてしまったもので立ち消えになりました。これほどの小説家の作品、どこか出版してくれる出版社はないものでしょうか。

鶴見　それもそうだし、あれも死んでしまった、『凍える口』というの。大変におもしろい人ですよ。

金　金鶴泳。

鶴見　おやじとけんかばかりしたことをずっと書いて、これは、知的能力は非常に高いんだ、東大を出ている。だけど……。

金　そうです。彼は、吃音者でしたからね。

鶴見　内部の鬱屈というのは大変なもので、おやじとけんかすると書いてある。

金　本当の意味での正統な在日文学ですね。

鶴見　作品は、非常に高いと思います。自殺してしまったんですけれどね。今、でかい『凍える口――金鶴泳作品集』（二〇〇四年）というのがあって、日記がついていますが、それはいいものですよ。

ここに、孤独があるから

編集部　鶴見先生にお聞きしたいんですけれども、そういう在日だとか朝鮮だとか、朝鮮文化に対する関心はかなり早いのではないかと思うんですが、何か契機はあるんでしょうか。どういうところから……。

鶴見　異種同型というか、数学的に同じ形だと思うんですよ。つまり、私の境遇と。つまり、普通にマルクス主義的に言えば確かに私は日本社会の上層なんですけれどね、とにかく生まれたときからおふくろに殴られているんだもの。それはブッシュみたいな、先制攻撃なんですよ。生まれたときには、それほどの悪事を働く能力はないでしょう。それを最初から殴られて縛られているんだもの。とにかくそれで、小学校のときからそんなもので成績は悪いし、そういう不良で来ているでしょう。そういう形と、形態的に同一性なんだ。

それで、日本語というものが私はうまくいかないわけですね。十五歳までですから。十五歳から十九歳まで日本語を使っていないですから、実際日本語をうまく書けないですよ。だから、同じ家族でいても違うんですよね。

金　でも、鶴見先生の文章は平明でありながら格調が高いですよ。それはやはりてなれた言葉でない……。

鶴見　てなれた言葉ではないです。

金　ええ、それが格調になって、とても迫真力がありますね。

鶴見　十五歳から十九歳まで書いていないですから。これは一遍手放してしまうと、もう一遍とり戻すというのは大変なんですよ。だから戦争が二十三歳のときに終わったでしょう。それから何とか日本語で飯を食っているんですが、別に英語が楽ということはないんですよ。そのときから六三年アメリカに行っていないんですから。努力しているんですが。

桑原武夫がすごく適切な助言をしてくれたの。彼が私を一九四九年に、京大の自分の助教授にとったんですよ。そうしたら私が非常に書くのに苦労しているのを見て、大変親切なことに志賀直哉に相談したの。そうしたら志賀直哉が助言をしたんですけれども、その助言は「日本語の名文というものを暗唱したりなんかして勉強するな」と。つまり名文の模範といったらその時代は志賀直哉そのものですから、自分の文章なんか書き写したりするなと。日本語と英語の間のどぶにはまってもがいて、ずっとそのどぶをたっていけば自分の文章が書けるようになる。それはものすごい練達の助言ですよ。志賀直哉がぱっと言ったの。私が、結局その道を歩いているわけだ。

金　僕は鶴見先生にもう一つ恐れを抱きながら親近感をもつのは、自分の日常語の成り立っている底流がものすごく似ているんですよ。僕の発音は今もって日本人的でない発音ですけれども、随分あくせくして身につけた日本語です。それも強制されていることも知らずに、それが自分の生涯を律する言葉だと思いこんできたのですね。それだけに朝鮮人であるべき僕は、その日本語に縛りつけられてもいます。自己呪縛のような日本語から何とか距離を置こうとすると、どうしても訥々しくごつごつしい日本語になってしまうんですよね。そうすることで僕は朝鮮人の自分を保ってきています。英語の蓄えを十二分にもっていらっしゃる鶴見先生は、母語の日本語から切れていた分を取り戻そうとして名調子の日本語になっているのではなくて、少年期に隔たっていた日本語をご自分の瑞々しい英語の感性で見て取ったことで、平明な澄明さを克ち得た日本語になったのだと思うのですね。僕だって、てなれたうまい日本語の駆使者になろうという気は全然ありません。先生と比べるのはおこがましいけれども、関を越えた日本語を使っているという点ですごく近しいものを感じるんです。

鶴見　でも日本語に感度のある人が、意外に金時鐘の日本語に対して敏感なんですよ。例えば安岡章太郎なんかは全然違うんだけれども、これは金時鐘の日本語に対して親近感を持つんですよ。だからそのほかにも、日本語に対してこの人は感度を持っているという人が非常に金時鐘の散文に対して近しさを感じるんですね。これは非常におもしろい問題ですよ。それは、国語はこうでなければいけないという人とは違うんです。

金　鶴見先生はやはりそういう少年時代の、反骨を身につけざるを得ないような少年期、青年期を経たこともあって、目立たないものとか弧絶しているものとか、顧みられないものに対する執着、執着以上に慈しみみたいなものを本性的に持っておられるんですね。ですから出来上がったものとか有名なものに先生はあまり関心を示さない。それよりも見すごされ、打ちすごされていながらなお民衆の暮らしの中で息づいているもの。名もない民芸品とか、場末の芝居小屋、旅回りの役者などに親しみの眼差しを注いでいらっしゃる。先生の〝発見〟はたいていそのような底辺の何かから見出されています。鶴見先生のベトナム反戦運動だって、知る人ぞ知る先生独特の反戦裏面史を秘めていますが、結局は自分の生き方を自分に問うた先生ならではの緊張の実践でした。弱い立場の善なる意志に不断に思いを馳せてこられた先生だからこそ、名分のない戦争に背を向ける米兵の、良心の脱走兵に手を貸すことができたのだと思います。鶴見先生の〝民衆〟意識はそのようにも、行為に裏打ちされたご自分の哲学の現れですので、説得力をもっていますし、実感を分かち持つことができるのです。

編集部　やはり日本の思想家の中でも、例えば朝鮮、在日朝鮮だとか部落だとか、そういうものに非常に早くから、という人は少ないですから。そういう意味では、やはり鶴見先生は、同型異種というようなことを言われましたけれども、その感度は本当にすごいなという感じがしますね。

金　今ではそうも聞きませんけど、先進意識を持っているとか革新的だという人たちがよくこともなげに民衆という言葉をよく使ってきましたけど、知識人の日常は民衆の実態から遠く離れているところで営まれていますよね。大方は底辺で生きてきた人たちの哀歓などと交わる場をもたない。権威を身につけてしまった人たちが言う民衆というのは、体制とか、権力とか、そういう対比の中で対置されるものとして存在する範囲のものです。鶴見先生はそうではない。本当に顧みられないものに執着なさる。どうしてこんなえらい先生が、こんな漫画など一生懸命ごらんになったりするのかなと思ったりするほど、平民性をもっていらっしゃる。

編集部　この間、鶴見先生が石牟礼道子さんの全集の解説を書かれましたが、石牟礼さんに「古代人・石牟礼道子」という名称を与えられましたね。古代人。それで辻井喬さんの文章の中でも「金時鐘のように、強い内省の叫びを湛えた思想詩を、石牟礼道子の『はにかみの国』のような例外をのぞいて、現代の詩は創り出せているだろうか」と、石牟礼道子さんと金時鐘をこういうふうに一くくりとしておられると思います。やはりそういう古代人・石牟礼道子というように時空を超えた存在、恐らく鶴見先生もそうではないかと思います。これが二十一世紀の思想ではないか。

鶴見　古代人は、意外にインターナショナル（民際的）なんです。考古学でわかってきた。

金　古代人といったら、古くさいというふうに絶対とられるはずはありませんわな。

編集部　現在に、古代があると。

金　原初的な、つまりまみれていない人たちの、まみれていない思考とか、まみれていない考察力、そんなものではないのですかな。

編集部　在日の詩人であれば、すべて金時鐘のようにはならないわけであって。

鶴見　そうです。ここに孤独があるから。

金　本当に、ありがとうございました。もう、本当に、身に余る。ありがとうございました。

〈補〉鏡としての金時鐘

辻井 喬

私はいつも金時鐘についての評論が意外に少いのを不思議なことと思っていた。おそらくそれは彼の作品が内側に持っている現実への毅然とした拒否の姿勢、自らへの曖昧を許さない厳しさが、我が国の現代詩の風土にとって異質だからだろう。

しかしこれは変だ。同じように異質なボードレールやランボーやT・S・エリオットの作品については比較できないほどたくさんの訳、解説、分析の書が出版されているのである。

金時鐘の作品について無言にならざるを得ない何かの、しかし多分根本的な欠落が我が国の現代詩の風土にあるのだとすれば、その風土のなかで理解され享受されている西欧の現代詩は、もしかすると趣味の領域へ脱色され、批判精神も歴史意識をも排除されたものとして受取られているのではないか。

金時鐘の詩にはそういったことを考えさせるようなものがある。それは、ある人にとっては恐い要素であり、ある人にとっては自らのいい加減さを映し出す鏡であり、別の人にとっては、これこそ本当の現代の詩だと励まされ、詩への関心を新たにするような何かであるに違いない。

金時鐘が生れた一九二九年に書かれた中野重治の詩「雨の降る品川駅」を、金時鐘は受取るだろうか、あるいは拒否するだろうか、と考えてみると、日本語で書かれた彼の詩がわが国の詩の読者のなかに置かれた時の困難がはっきりしてくるように私は思う。

私の勝手な結論を言えば、金はこの中野の詩を理解し、理解したことによって拒否するのではないか。

私は中野重治の、故国朝鮮へ帰ってゆく仲間に向けたこの詩を読んだ時、感情を素直に表現した、美しい、しかし哀しい詩だと思った。そして私はこの哀しさを拒否するところから現代詩は出発しなければならないのだと思った。これは私の学生時代の経験である。

しかしそれはただ意志的に拒否しようとすれば可能なことだろうか。

小野十三郎はこの問題に即して短歌的抒情の否定ということを言い、その主張は現代詩、特に関西に在住する多くの人々の、詩についての考え方に影響を与えたが、それがどのようにしたら可能かについての、方法論的展開は行わなかった。

彼の作品の集大成である『原野の詩』を読むと、金時鐘の作品にはこの問題についての見事な回答が示されていると思う。

この点について、先年物故した秀れた評論家高野斗志美は彼の「金時鐘論『原野の詩』との対話」のなかで、

「金時鐘の詩には、いつも、決意がある。それは、ぬきさしならぬ場に足をふむ者の決意である。語のコンビネーションが形をあらわすのはそこにおいてだ」

と言い、続けて、

「日本語によって書かれている現代詩に、生きることの意志を問う情熱はほとんど断たれている、そう言っていい」

と断言し、

「(生きようとする意志が＝註・辻井) 発語を求める意志の次元に転換されていくというドラマを期待することはできない」

と言い切っている。同じく評論家松原新一は、

「金時鐘の肉体と意識とが、まさに「在日」という状況の中でのたうちまわっているかのようなこの長篇詩（『新潟』のこと＝註・辻井）の迫力は、私には圧倒的なものであった」

と、その感動を伝えている。こうした文脈にそって松原は、

「分析的な知のいとなみ以前に、金時鐘は「喘息持ちの彼（チェ・ゲバラ＝註・辻井）が追われて耐えた発作の、ささくれた喉ぼとけの鰓《えら》が見たい」という身体的な関係性においてこそ、ゲバラに迫ろうとするのである」

と指摘する。

ここには、詩の表現における写生性について、その根源を問う思想が含まれているように私は思う。

なぜか詩における思想性を重要視する主張の多くは、写生、描写ということを、むしろ思想性を弱める表現手法として排除しようとしてきたのではないか。

そこには四季派などが、体制への同調を結果として認める書法として自然描写を悪用したことへの反発があったと思われる。周知のように四季派は戦争をも自然の変化という枠組で眺め、人生のはかなさ、哀しさを詠んだのであった。こうしたところから、写生とは、思想的ではない抒情を引出すよすがになるので好ましくない、という考えが生れたのではないだろうか。

明治以後、思想とは進んだ西欧から伝えられた理性の産物であり、感性に立脚する写生は思想とは縁のない表現法のように考えられてきたのではなかったか、もしそうだとするなら、「思想詩」は、

のど赤き玄鳥《つばくらめ》ふたつ屋梁《はり》にゐて足乳根《たらちね》の母は死にたまふなり

（斎藤茂吉『赤光』）

というような、作品が持つ圧倒的なリアリティに抗すべくもないのである。

金時鐘の『光州詩片』の冒頭の詩「風」は、

つぶらな野ねずみの眼をかすめて
磧《かわら》を風が渡る
水辺にじしばりを這いつくばらせ

にがなのうす黄いろい花頭に波うねらせて
早い季節が栄山江のほとりをたわんでいる
こごめた過去の背丈よりも低く
風が　しなう影を返してこもっているのだ

というフレーズで書き出されている。

ここで使われている野ねずみの眼の形容としての「つぶら」は写生であり、佐藤春夫が『殉情詩集』のなかの「少年の日」という作品で使っている、

つぶら瞳の君ゆえに
うれひは青し空よりも

のなかの「つぶら」との距離は考えられないくらいに遠いのである。

作家梁石日は『民衆の底辺から』という金時鐘論で、高村光太郎の「道程」のなかの道を「近代日本の自然性を示していた」とした上で、

「金時鐘の詩はのっけから〈道〉の自然性、擬態を拒絶したところからはじまっている」

として、

「金時鐘にとっての〈道〉とは、『人間の尊厳と／智恵の和が／がっちり組みこまれた／歴史』の意思的な道である。日本の近代化が軍靴で踏みにじってきた道を道と呼ぶべきではないのだ」と言い切っている。

この主張から浮び上ってくるのは、写生とは対象の自然性に従うことではなく、対象の本質に迫る認識の方法であるという考え方である。どのような対象も必ず歴史的な時間と社会の構造の接点に存在しているのであってみれば、〝自然性〟に従うというのは写生の歪曲であろう。

このように考えてくると、金時鐘の作品は全力をあげて我が国の近代、現代とそのなかに自足している詩の世界を告発していることが明らかになってくる。

たしかに、金時鐘のように、強い内省の叫びを湛えた思想詩を、石牟礼道子の『はにかみの国』（石風社）のような例外をのぞいて現代の詩は創り出せているだろうか。

主体を安全な場所へ逃避させておいて（ということは現実社会の矛盾には目をつぶって）、知的操作やレトリックを楽しむ宗匠たちが多過ぎるのではないか。金時鐘が行っている近代、現代に対する、告発とは、そのような具体性を私たちに突付ける、批判の鏡のように私には思われる。

日本の詩への、私のラブコール

金時鐘

地球の新年は大津波の空前の大災害で明けた。その予兆でもあったのだろうか。日本でもやたらと災害のつづいた旧年であった。わけても熊の出没に見るような物言わぬものたちの悲劇は、人間の身勝手さが強いた終末のようで、心に食い入ってならなかった。それにかぶさってくるのがファルージャ（イラク）での、米軍による無差別攻撃の惨劇だ。これには自衛隊派兵という日本の政治状況も深く係わっていて、日本で暮らしていることの安逸さが却って、あるべき平和の秩序を自ら度外視しているのではないかとさえ思ったほどだ。いやたしかに、予兆めいた何かが耳の底でうずいてはいる。途方もない変動が今に安穏さのただ中で噴出しそうな気が、干上がった熊の胃袋の唸りとなって這い寄ってきている。

これはけだし私だけの特別な予知感といったものではない。詩人にはもともとそのような資質が具わっているはずのものだ。でなければ物言わぬものとの交感などできるはずがない。そもそもの始まりからして、詩は閉ざされた言葉との出会いから創りだされるのだ。にもかかわらず現今の日本の詩は余りにも没社会的で、変動する時代へのわななきが余りにもなさすぎる。
たぶん年齢の嵩が高いせいでお鉢が廻ってくるのだろうけど、私はこの四、五年、その内の一つは十数年も前からの係わりだが、詩賞の選評に携わってきている。加えてかなりの量の大阪文学学校で書かれている生徒の詩作品にも目を通してきている。社会問題に対してもそれ相応の関心を持っているはずのこれらの書き手たちにして、書かれるものは優れて私的《わたくしてき》な心情の作品がほとんどであり、他者の生と兼ね合っている詩にはめったとお目にかかることがない。ましてや表だっている詩雑誌等の作品に時代批評や、社会への参与意識が働いていようとは端から期待すべくもない。あくまでもノンポリで思念の観念操作が相場ときている。

もちろんこのような詩的風潮も、時代変動の必然からきてはいる。情報化手段が細分化されていくほど、現代人は情報機器との対応がコミュニティーとなり、生身の個人はますます孤絶を強いられるこんにちだからである。言葉が対象に向かって開かれていくより、他人にはわかりにくい自己の内面言語に承知で籠もっていく所以ともなってはいる。そのようにして日本の詩はますますもってワタクシ的になっていき、面白くないといわれて久しい日本の現代詩はいよいよ逼塞して、読者の層を狭めていっている。

公然化してきた憲法改定、戦争の史実隠蔽や自衛隊の軍隊化、愛国心の強調や教員の思想が試される教育現場の動き等々、挙げればきりがないほどの復旧回帰の風潮のなかで、詩が依然として私的なことしか紡げない意識の表明であるとしたら、その表現行為はなんと罪深い創造行為であることだろう。ために私のような在日定住者の朝鮮人の詩は、いつまで経っても日本の詩の埒外で届かない声を嗄《か》らしている始末だ。

思うに、一時ほど話題をさらうことはなくなったが、つまるところポスト・モダンの芸術思潮に尽きる話のようだ。既存社会への反逆と、既成の芸術観の否定と破壊を標榜したことで共通性を克ち得ていたモダニズムが、戦後の思想の基軸ともなってきた社会主義や実存主義、近代主義を包括的に「モダン（近代）」とし、その批判を唱えて登場したのがポスト・モダンであった。ところがその批判の本質は主観主義の立場から対象を概念によって再構成するという、モダニズムの方法とさほども変わるものではなかった。近代、つまり資本主義の矛盾の解決方向を科学的に探求する理性的思考をより一層否定することで、日本では七十年を前後して、脱近代から戦前回帰に通底する論拠の下地ともなっていった。詩はもはや、批評の錘を沈める思考の科学とは無縁の美学になっていた。

それでも私は自分が生きるべき詩に執着している。執着しながら日本語の領分でしか書けない自分の詩に、異邦人としての無力感を味わったりもしている。日本という経済大国、精妙なハイテク技術を自在に駆使し、広汎な情報システムから物量の巨大な流通機構までを併せもっている文明大国のなかにあってさえ、詩はそれこそ取るに足らない、実生活からはおそろしくかけ離れた個々人の、ひっそりした思索の営みにすぎないからである。事実、詩人の大方はコマーシャリズムのコピーライターで食をつなぐか、一発の小説を当てこんで汲々と、日本の表層をなぞる側に立つかで日々をつないでいる。

そのせいもあってか、詩集などといったものはマンガ本の百万分の一も店頭で売れることがない。それでもその〝詩〟にこだわって離れられない自分を改めて考えてみたりもする。詩を書くというよりは詩を生きることの方が私にはより切実な希求、願いとして居座っているせいかもしれない。私の信念のなかにあっては書かれない小説は存在しなくとも、詩は書かれなくても存在するのだ。それはそのように生きようとする意志が、行為を伴って現れていることの詩だ。核実験が行われる度にたった一人で何日も、同じ場所に三十年もまえから座りとおしている人がいる。最果ての湿原で、それも一人で、渡り鳥の保護と環境保全に半生を費やしている人がいる。夜討ち朝駆けではぐれ鳥のような生徒を追いとおしている、名もない初老の教師がいる。このような人たちの存在に心を通わせれば、詩人は暗闇からの言葉に恵まれる。いやその人たちの存在が、何にも増してもはや〝詩〟なのだ。

かくも潤沢な経済力と恣意的なまでに自由な日本でありながら、知るべきことを知らさせる手立ては依然として不自由である。日本の詩もいい加減、この不自由さに気づくべきだ。もちろん知ることの不自由さをかこっている詩がないわけではない。またそのような詩人たちがいないわけでもない。だが何かが関心の対象からずれているのだ。それは〝詩〟であることの何かなのだと言い直してもいい。日本の現代詩から私が遠いというのも、たぶんそのことと兼ね合っていることのように私は思う。

まずもって日本の詩人たちの、拠って立つ場が見えない。執着する何かがあって詩を書いているはずなのだが、それが総じて観念的にすぎるのだ。したがって読み手として感じ取るだけの実感が湧かない。現代の複雑さからして人間の思考が屈折してむずかしくなるというのはわからないでもないが、日本の現代詩は複雑なものを複雑に出しすぎるきらいがある。でなければもともと単純なものを複雑に出し直している、のかのどっちかだ。

先人の言葉を俟つまでもなく、詩人の心の中の思いを引き出すためには詩とは関係なさそうな、非詩的な方法、つまり観察、描写、分析、記録といった、そういうプロセスを経なくては思いを形あるものとして表に描き出せない。単純化はその過程でされるのである。つまりは実感の高度に昇華したものが、抽象だということだ。ところが日本の大方の詩人は、その実感を度外視して端から抽象を決め込むだけの言語操作を身につけてしまっている、というよりそのような言語操作に磨きをかけてきている。作為がすぎて、それだけまみれない精神の素朴さからは遠のいてしまっているということだ。

自分に言い聞かすために、言う。まず見よう。見つめよう、と。詩は好もうと好むまいと現実認識における革命である、といったのは小野十三郎氏であったが、あるがままの状態に自足したりあきらめたりせず、打ちすごしていることがらが気がかりで、見すごされているものごとに眼差しを注げる人なら、その人は資質として詩人だ。実際見すごされ打ちすごされているものごとのなかにこそ、本当はそうであってはならない大事なことがらがひそんでいる。人権や歴史認識などの問題も、そのような見すごされているもののうちのものだ。出来上がった権威や行き渡っている定義を鵜呑みにするようでは、まず己れの批評は芽生えてこない。だからこそ書けるから詩人ではないのだ。そのように生きとおそうとする意志力のなかにこそ、私たちが生きるべき詩はあるのである。

昨今世は挙げて、ヨン様人気、「韓流ブーム」で賑わっている。故国の韓国に親近感を呼び起こしてくれることは同族のひとりとして喜ばしいことには違いないが、総体の〝朝鮮〟に果たしてどれだけ近づいてくれるかは甚だ心許無いことだ。「チョウセン」とは言いにくくて、「韓国」とは言いやすい日本人の心情の、機を得た共感の台頭である。平俗な関係ほど共感は募りやすいが、だからといって共感が深いつながりを結ばせるものでもけだしないのだ。詩をするものの立場からすると、良いことだと考えられていることの内容を、行動によって否定してゆくだけの批評がそこに降り立っていなくてはならない。大勢《たいせい》がなだれるところに本当のものが実った例《ためし》は、どだいないのである。童謡唱歌が日本に溢れ、近代抒情詩が日本人の情緒をゆさぶっていたころ、かつての日本はひたすら十五年戦争の「満州事変」になだれていたのだ。戦後の卑近な例をたぐるだけでも、銭湯をがら空きにした「君の名は」がラジオドラマでもてはやされていたとき、それまでの警察予備隊はいつの間にか「自衛隊」に成り変わって、その自衛隊はいまどこか遠くへ出ていったままだ。このような状況のかげりぐらい、日本の詩は前衛の名にかけて宿してあるべきだ。

国会審議ではぐらかしておきながら、小泉首相は自衛隊のイラク駐留一年延期を閣議決定で取り決めた。武器輸出三原則も事のついでのように、輸出緩和を閣議だけで強行した。これは異様というほかない光景だが、それを見すごしている国民の意識も日本ならではのことのように、異常である。風の問にまに、熊の途切れがちな悲鳴が明滅している。霊寄《たまよ》せのしぼり声のような変動の兆《きざし》が、すぐそこの植込みのかげで目をこらしている。

あとがき

やはり幸運というほかない。店頭に並ぶことさえおぼつかない「詩集」を、装いも新たに復刻してくださる出版社があるのだから。いや、そのような出版社の社主に出会えたのだから、まったくもって幸運というほか言いようがない。そのせいもあってか妙に母のことが、この上なく倖《さち》うすかった母の朝な夕なのお祈りのことが想いだされて、柄にもなくおセンチになっているところだ。

母はご飯を炊くたび、竈《かまど》の釜の蓋をあけては十字を切ってしゃもじを立て、両手をすり合わせながらさもそれが戒律の秘儀のように、ぶつぶつ願掛けの呪文を唱えていた。私が小学生になってからでも母は私の幼名の「パウ」（岩）を手放そうとはしなかったが、同じ繰り言のくり返しの祈りは私が国元を離れるときまでも続いていた。「ひとさまに憎しみを売るようなことがなく、ひとさまから誹《そし》りを買わないパウでありますように。良いつながりの友達が沢山できて、なにとぞ周りから慈しまれて生きるパウでありますように……。」

ひたすら皇国臣民たらんとしていた私には、なんとも虫のいい迷信のように聞こえてそのつど顔を赤らめていたものだが、思えば日本にくるまでのいく度《たび》かの命の危うさも、こちらへ来てからの困窮を極めた日々のつなぎも、何か特別な加護が働いて無事すごせた日本での暮らしだったと、年がいくほどに自ずと両手が合わさってしまう人間になってしまった。たぶんそうして、母の祈りは私の中で生きているのであろう。信仰は持たないが、感謝は深く祈りとなって根づいている。

　頼る縁故ひとつない日本に来て、本当に多くの身に沁みる慈しみを蒙ってきた。やさしい人たちに巡り逢い、やりたいことをやることで結びつきができ、交友に恵まれて自分の詩を生きとおしてきた。この度の復刊も（発行者の藤原良雄氏は「新版」と言ってくださっているが）それこそ思いもよらないつながりが一つに縒《よ》り合わさって日の目を見ているものである。鶴見俊輔先生のお話をおこがましくも「対談」という形で巻末に飾ることができたのも、鶴見先生の長年の温情が版元の藤原氏の好意と合わさって、私ごとき者に注がれた賜である。もたらされた幸運の数かずに、心よりお礼申し上げます。母の両手と合わさった、私の感謝です。


　この度一冊の本にまとめられた『猪飼野詩集』『光州詩片』は、一九七八年の秋と、八三年の暮れに初版を見た古い詩集である。二冊とも気骨の編集者として知られた寺田博氏の手に依って世に出た詩集だが、市場性のない私を推し出してくれたことに痛く感銘した熱い記憶の二冊でもある。数年してこの二冊は大部な集成詩集『原野の詩』に収録されて再度顔を出しはしたが、担当編集者の白取清三郎氏の突然の退職であとが続かず、絶版となった。実直な白取氏からも、あたうかぎりの誼《よしみ》を頂戴した。

　詩が軽んじられ、詩人が疎まれる最たる国の日本、などと散々毒づいてきたのは他ならぬ私であった。その私の三十年近くもまえの詩集と、二十年余りもまえの詩集とが、藤原書店から出し直されているのである。顔に汗するとはこういうことだろうか。詩を見つめている人はやはりおるのであり、詩を読む人もけっして少ないわけではない。にもかかわらず詩集はどうしてこうも、出版界からも言論界からもさほどの注目すら惹かない文学なのであろう。

まずは現代詩の読者が余りにも少なすぎることを認めないわけにはいかない。短歌、俳句の読者に比べても絶対量不足といっていいほど少数である。いわば日本の詩は、短詩型文学の短歌・俳句でこと足りているともいえるほどだ。ひるがえっていえば、詩を書く人たちの努力が読者を惹きつけるだけの作品に至っていないことを意味しているともいえるし、受け手としての読者を目的意識的に対象としてこなかったことの現れともいえる。事実、日本の現代詩は観念の自足による言語操作に搦《から》め取られて久しい。それだけ言葉は自己の内面へと籠り、ますます観念化してより私的《わたくしてき》になっていって、実感を度外視した作品ができ上がっているのである。読者が共有できるのはこの、作品に込められている実感だ。その欠如が現代詩を面白くしない最大の要因だと私は思っている。つまりは作品の発想に他者との兼ね合いがなさすぎるということだ。

私は早くから、詩は人間を描きだすものだと信じてきた。人間を描くといえば小説や戯曲のことだと決めてかかるかも知れないが、その根底にあるのはやはり〝詩〟なのだ。たとえ描ききれないまでも、人間性を際立たせるものに詩があるという確信はゆるがない。詩は元からして、本性的に人の生き方に根ざしているものだからだ。人の多くは喉元までもつき上がっている思いを他の形に仮託して生きている。生涯を端役で通す人もおれば、土と火の対話に一生を賭ける人もいる。人々は銘々自分の詩を生きているのであり、詩人はたまさか言葉による詩を選んだ者にすぎない。ために詩人は特定の職能でもなければ権威の保持者でもないのだ。詩人が「言葉」に取りついて離れられないというのも、そこに他者の生と重なる、自分の生があるからである。

もちろん詩人は自分の思いを自分の言葉で、形あるものとして描き上げる。すぐれて独自的な作業には違いないが、それでもそこにかかえられているのは、人々の希求、悲愁とないまじった、その時代時代を通底する思念の抒情である。ひとりかけ離れて詩人が存在しているわけではなく、そこで生きている多くの人たちの一因子としての一人にすぎない。だからこそ詩人には言葉を発しえないものの存在や生すらも、思いを言葉で描ける者の責務として併せ持っているのだ。

長年日本語の詩に関わってきながら、私は日本の現代詩から隔たってきた。私が特定の日本定住者である在日朝鮮人であることにもよるが、それ以上に日本人の意識からは遠巻きにされて暮らしている朝鮮人、という「他者」の私、であることの関わりのなさのせいでもある。この兼ね合うべき他者への想いを、日本の現代詩から汲み取ることはほとんどといっていいほどなかったのだ。『猪飼野詩集』も『光州詩片』も、日本の詩の域外で喉を嗄《か》らしていた「他者」の生の痕跡である。

「猪飼野」は辛うじて日本にたどり着いた私が最初に居ついた町であり、「光州」は「解放」のどよめきにあおられてようやく目覚めはじめていた私の民族意識が、隊列のうねりに青春の血潮を高鳴らせた街である。そのいずれもが「人生の或る時期に於て、自己の思想を更新せしめるような意味を持つ土地とか風景とかにめぐり合わせた」（小野十三郎『詩論』「26」）に等しい境域《きょういき》であった。「猪飼野」は人も知る日本最大の朝鮮人密集地であるが、大阪市街地図ではもはや探しだすことはできない消えてしまった町だ。それでも猪飼野は依然としてイカイノであり、本国と見紛うばかりのかくしゃくとした年輩者たちが、今も大手を振って闊歩する原色の町である。時代も移り世代も替わったが、猪飼野の暮らしが培ってきた伝承の「朝鮮」は風化、同化を尻目に、新たな回帰現象を若い世代たちが創りだしてきてもいるのだ。猪飼野の目抜き通りは今では「コリアンタウン」と呼ばれる。年に一度の民族祭りはイカイノの風物詩にさえなってきている。『猪飼野詩集』はその底流に秘められたもともとの、変わることのない猪飼野を描いたつもりの詩集だ。わけても在日の若い世代たちに、手に取って見て欲しいと願う、私の在日の提示である。

『光州詩片』は一九八〇年五月に惹起した、韓国国軍による光州市民大量虐殺に関わって書いた連作詩である。関わって書いたというよりは同族の惨劇をただ、海をへだてて眺めていなければならない己れに己れがいたたまれなくて、のたうった心が書かしめた染みのような詩である。

市民虐殺の「光州事件」は、腹心の部下に射殺された朴正熙大統領のあとを自ら襲《つ》いだ陸軍保安司令部司令官全斗煥少将が、維新体制護持を叫んで戒厳令を布告し、全国的に高まった民主化要求を銃剣で圧殺したことに始まる。戒厳令の撤廃と民主政治への移行をかかげて胸はだけて立ちふさがった光州市民に、戒厳軍司令官の全斗煥は非情にも手兵のような国軍の精兵を差し向けて、血の制圧を強行した。一九九〇年、さしもの軍事強権も終息して「市民暴動」は光州市民義挙に名誉を回復したが、圧制に抗することがいかに無慈悲な犠牲を強いるものであるかを、私たち同族は一九八〇年初頭にとくと目撃した。

ところが新千年紀が始まって五年が経つ今でも、地球の境界《きょうがい》の到るところでまだまだ圧制の銃火は血しぶきを噴き上げている。景気回復だけが関心事のような平和の日本であっても、呻き、喚《わめ》きのか細い声のくぐもりぐらい、日常の日々のどこかで洩れ聴いて欲しいものである。それだけに私の古い詩集が復刻されるからには、それだけの理由と意味が本人の私になくてはならない。幸運に恵まれての復刻ではあるが、年月をへだててなお読めるだけのものであるのか、どうか。私の詩の実質が深く問われている再刊でもある。神妙に首を垂れて、審判を待つ面持の私です。

二〇〇五年七月　　六カ国協議への復帰を北朝鮮が表明したと、ニュースが伝えている日

金　時　鐘

Ⅰ　猪飼野詩集　東京新聞出版局、一九七八年

Ⅱ　光州詩片　福武書店、一九八三年

Ⅲ　戦後文学と在日文学（対談）　二〇〇五年三月二日、京大会館

〈補〉鏡としての金時鐘（辻井喬）『現代詩手帖』思潮社、二〇〇三年六月号

日本の詩への、私のラブコール　『図書』岩波書店、二〇〇五年四月号

金時鐘（キム・シジョン）

一九二九年、朝鮮元山市生まれ。済州島で育つ。一九四八年の「済州島四・三事件」に関わり来日。一九五〇年頃から日本語で詩作を始める。在日朝鮮人団体の文化関係の活動に携わるが、運動の路線転換以降、組織批判を受け、組織運動から離れる。兵庫県立湊川高等学校教員（一九七三〜九二年）。大阪文学学校特別アドバイザー。詩人。

主な作品として、詩集に『地平線』（ヂンダレ刊行会、一九五五）、『日本風土記』（国文社、一九五七）、『原野の詩——集成詩集』（立風書房、一九九一）、『化石の夏——金時鐘詩集』（海風社、一九九八）、長篇詩集『新潟』（構造社、一九七〇）他。評論集に『さらされるものとさらすものと』（明治図書出版、一九七五）、『クレメンタインの歌』（文和書房、一九七五）、『「在日」のはざまで』（立風書房、一九八六、平凡社ライブラリー、二〇〇一）他。エッセー『わが生と詩』（岩波書店、二〇〇四）、『草むらの時——小文集』（海風社、一九九七）他多数あり。

金時鐘《きむしじょん》詩集選《ししゅうせん》　境界《きょうがい》の詩《し》　猪飼野《いかいの》詩集《ししゅう》／光州《こうしゅう》詩片《しへん》

2005年8月30日　初版第1刷発行©

著　者　金　時　鐘

発行者　藤　原　良　雄

発行所　株式会社　藤　原　書　店

〒162-0041　東京都新宿区早稲田鶴巻町523
電　話　03（5272）0301
FAX　03（5272）0450
振　替　00160-4-17013

印刷・美研プリンティング　製本・河上製本

落丁本・乱丁本はお取替えいたします
定価はカバーに表示してあります

Printed in Japan
ISBN4-89434-468-8

外務省〈極秘文書〉全文収録

吉田茂の自問

〈敗戦、そして報告書「日本外交の過誤」〉

小倉和夫

戦後間もなく、講和条約を前にした首相吉田茂の指示により作成された外務省極秘文書「日本外交の過誤」。十五年戦争における日本外交は間違っていたのかと問うその歴史資料を通して、戦後の「平和外交」を問う。

四六上製　三〇四頁　**二四〇〇円**
（二〇〇三年九月刊）
◇4-89434-352-5

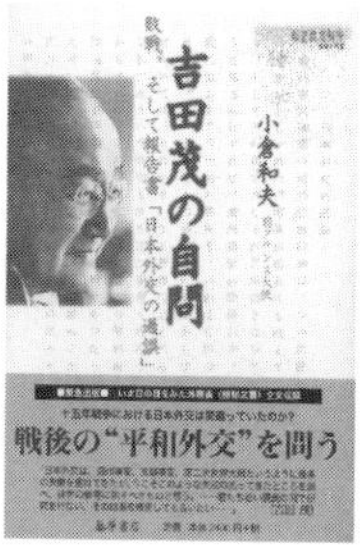

今、アジア認識を問う

「アジア」はどう語られてきたか

〈近代日本のオリエンタリズム〉

子安宣邦

脱亜を志向した近代日本は、欧米への対抗の中で「アジア」を語りだす。しかし、そこで語られた「アジア」は、脱亜論の裏返し、都合のよい他者像にすぎなかった。再び「アジア」が語られる今、過去の歴史を徹底検証する。

四六上製　二八八頁　**三〇〇〇円**
（二〇〇三年四月刊）
◇4-89434-335-5

「満洲」をトータルに捉える初の試み

満洲とは何だったのか

藤原書店編集部編
三輪公忠／中見立夫／山本有造／和田春樹／小峰和夫／安冨歩ほか

「満洲国」前史、二十世紀初頭の国際情勢、周辺国の利害、近代の夢想、「満洲」に渡った人々……。東アジアの国際関係の底に現在も横たわる「満洲」の歴史的意味を初めて真っ向から問うた決定版。

四六上製　五二〇頁　**二八〇〇円**
（二〇〇四年七月刊）
◇4-89434-400-9

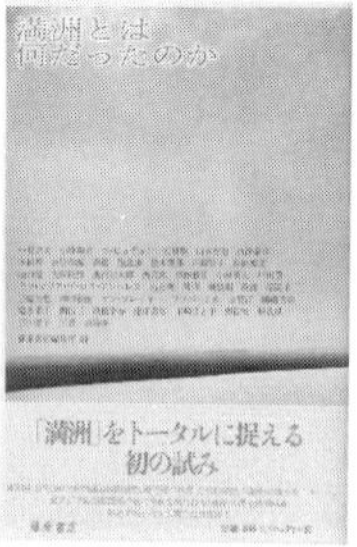

「在日」はなぜ生まれたのか

歴史のなかの「在日」

藤原書店編集部編
上田正昭＋杉原達＋姜尚中＋朴一／金時鐘＋尹健次／金石範ほか

「在日」百年を迎える今、二千年に亘る朝鮮半島と日本の関係、そして東アジア全体の歴史の中にその百年の歴史を位置づけ、「在日」の意味を東アジアの過去・現在・未来を問う中で捉え直す。日韓国交正常化四十周年記念。

四六上製　四四八頁　**三三〇〇円**
（二〇〇五年三月刊）
◇4-89434-438-6

“本当に生きた弾みのある声”

竹内浩三全作品集（全一巻）

日本が見えない

小林察編　［推薦］吉増剛造

太平洋戦争のさ中にあって、時代の不安を率直に綴り、戦後の高度成長から今日の日本の腐敗を見抜いた詩人、「骨のうたう」の竹内浩三の全作品を、活字と写真版で収めた完全版。新発見の詩・日記も収録。

菊大上製貼函入　七三六頁　口絵二四頁　**八八〇〇円**

（二〇〇一年一一月刊）◇4-89434-261-8

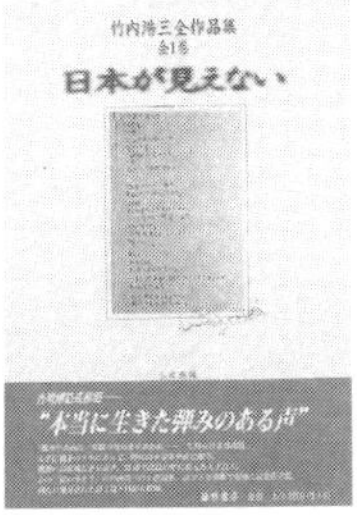

免疫学者の詩魂

多田富雄全詩集

歌占（うたうら）

多田富雄

重い障害を負った夜、私の叫びは詩になった―― 江藤淳、安藤元雄らと作を競った学生時代以後、免疫学の研究に邁進するなかで幾度となく去来した詩作の軌跡と、脳梗塞で倒れて後の最新作までを網羅した初の詩集。

A5上製　一七六頁　**二八〇〇円**

（二〇〇四年五月刊）◇4-89434-389-4

日本人になりたかった男

ピーチ・ブロッサムへ

（英国貴族軍人が変体仮名で綴る千の恋文）

葉月奈津・若林尚司

世界大戦に引き裂かれる「日本人になりたかった男」と大和撫子。柳行李の中から偶然見つかった、英国貴族軍人アーサーが日本に残る妻にあてた千通の手紙から、二つの世界大戦と「分断家族」の悲劇を描くノンフィクション。

四六上製　二七二頁　**二四〇〇円**

（一九九八年七月刊）◇4-89434-106-9

歌手活動四十周年記念

絆（きずな）

加藤登紀子・藤本敏夫

［推薦］鶴見俊輔

初公開の獄中往復書簡、全一四一通！電撃結婚から、長女誕生を経て、二人が見出した未来への一歩……。内面の激しい変化が包み隠さず綴られた、三十余年前の二人のたたかいと愛の軌跡。

第Ⅰ部「歴史は未来からやってくる」（藤本敏夫遺稿）

第Ⅱ部「空は今日も晴れています」（獄中往復書簡）

四六変上製　五一二頁　**二五〇〇円**

（二〇〇五年三月刊）◇4-89434-443-2

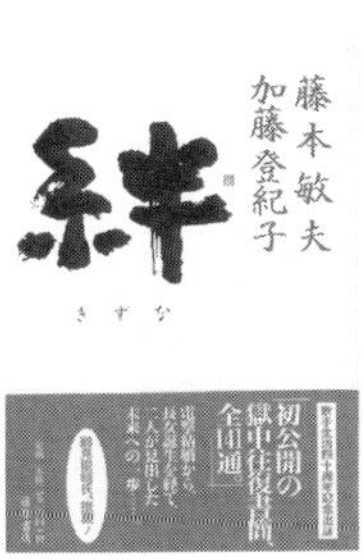

弱者の目線で

弱いから折れないのさ

岡部伊都子

「女として見下されてきた私は、男を見下す不幸からも解放されたい。人権として、自由として、個の存在を大切にしたい」（岡部伊都子）。四〇年近くハンセン病の患者を支援してきた著者が、真の「人間性の解放」を弱者の目線で訴える。

題字・題詞・画＝星野富弘

四六上製　二五六頁　**二四〇〇円**
（二〇〇一年七月刊）
◇4-89434-243-X

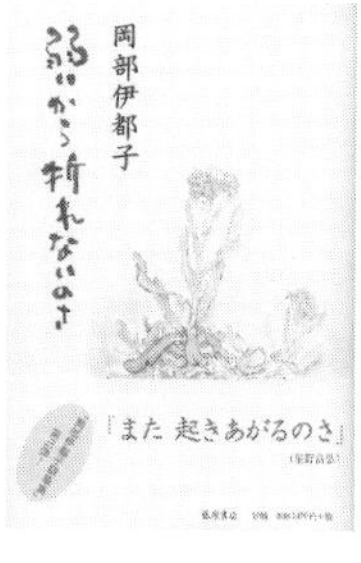

賀茂川の辺から世界に発信

賀茂川日記

岡部伊都子

「人間は、誰しも自分に感動を与えられる瞬間を求めて、いのちを味わわせてもらっているような気がいたします」（岡部伊都子）。京都・賀茂川の辺から、筑豊炭坑の強制労働、婚約者の戦死した沖縄……を想い綴られた連載「賀茂川日記」の他、「こころに響く」十二の文章への思いを綴る連載を収録。

A5変上製　二三二頁　**二〇〇〇円**
（二〇〇二年一月刊）
◇4-89434-268-5

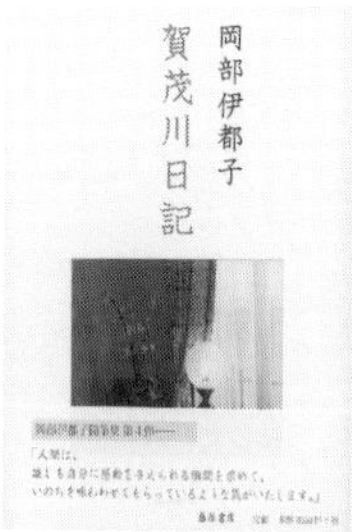

母なる朝鮮

朝鮮母像

岡部伊都子

日本人の侵略と差別を深く悲しみ、日本の美術・文芸に母なる朝鮮を見出す、約半世紀の随筆を集める。

［座談会］井上秀雄・上田正昭・岡部伊都子・林屋辰三郎
［題字］岡本光平　**［跋］朴菖熙**
［カバー画］赤松麟作
［扉画］玄順恵

四六上製　二四〇頁　**二〇〇〇円**
（二〇〇四年五月刊）
◇4-89434-390-8

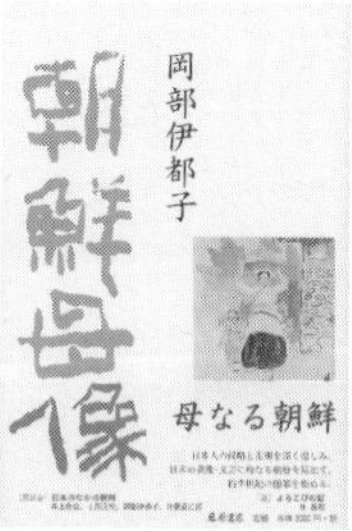

本音で語り尽くす

まごころ

（哲学者と随筆家の対話）

鶴見俊輔＋岡部伊都子

〝不良少年〟であり続けることで知的錬磨を重ねてきた哲学者・鶴見俊輔。〝学歴でなく病歴〟の中で思考を深めてきた随筆家・岡部伊都子。歴史と学問の本質を見ぬく眼を養うことの重要性、来るべき社会のありようを、本音で語り尽くす。

B6変上製　一六八頁　**一五〇〇円**
（二〇〇四年一二月刊）
◇4-89434-427-0

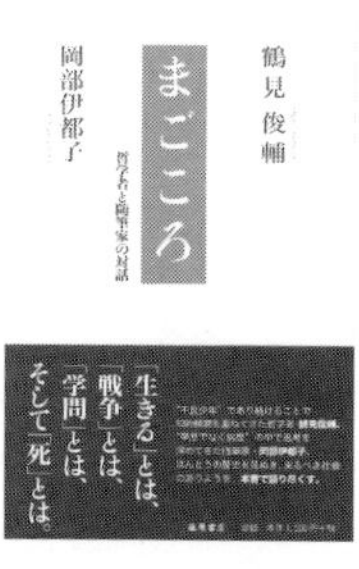